一頁 folio

始 于 一 页 ， 抵 达 世 界

[日] 坂元裕二 著

蕾克 译

往复书简

初恋与不伦

初恋と不倫

往復書簡

北京联合出版公司
Beijing United Publishing Co.,Ltd.

目 录

contents

不帰の初恋、海老名SA

不归的初恋 海老名服务区 —————— 001

カラシニコフ不倫海峡

卡拉什尼科夫不伦海峡 ————— 075

不归的初恋　海老名服务区

不帰の初恋、海老名SA

"虽然你没说一句话，但你握住了我的手，我好喜欢。

谢谢你，握住了我脏的手。"

1

玉垫广志

我是玉垫，你写信说让我回复，那我就回复。

你真难缠。我和你，不过同班同学而已。既没说过话，也不了解你。你更不了解我。你真傲慢，说想帮助我，你怎么那么无聊啊，伪善懂不懂？伪善！不懂请去查词典。

麻烦你和班里其他同学一样，就当我不存在好了，请多关照。

三崎明希

我是三崎，谢谢回复。你这"请多关照"的用法真有个性。

言归正传，我过去曾和住在滨松的奶奶一起生活，奶奶常说，明希像爷爷，顽固别扭。对！我既顽固又偏强。

玉垫君，你说我不了解你，不对。图书室里那本很厚的犹太人大屠杀的书，你借过吧？在你之后，我也借了。你知道吗？从借书卡上能看出，本校成立三十二年来，只有我和你借过这本书。另外，春天马拉松长跑的时候，你偷懒，躲在高架桥下吃小熊饼来着，对吧？你看，我还是知道你一些事的，今后还想接着知道。

我伪善吗？可能吧。即便如此，我还是很想和你讨论一下恐怖残酷的犹太人大屠杀，一边吃小熊饼一边讨论，好不好？

放学后，我在村滨购物中心天台上等你。

玉埜广志

你太烦了！

闭嘴。

恶不恶心？

你从村滨购物中心天台掉下来摔死最好。

三崎明希

不好意思，我又要把老奶奶搬出来了。我过去曾和一个练马小区的老奶奶一起住过。

小区里一共八栋楼，中间流淌着一条河。小

河很窄，河岸上长满了青草，我经常在晚上去河边，把脚伸进河水里，踩水，啪嗒啪嗒，周围一片黑暗，水声特别好听。后来那儿出了事，一个住在六号楼和我同龄的女孩淹死了，之后小区就禁止小孩靠近河边。我晚上还照样去，跨过栅栏，把脚伸进水里听水声。那时，我就想，淹死的完全有可能是我，而不是那个女孩。那个大家用长长的棍子四处拨拉搜寻的、电视主播呼唤名字的，完全有可能是我。忽然我就觉得，人死起来太简单了，随时随地都有可能死掉。

从村滨购物中心的天台上掉下去摔死，很简单的。你干吗这么说啊，像个傻瓜。重要的事情说两遍，傻瓜（巴嘎）。

玉垫广志

对不起。

三崎明希

玉垫君，我笑了半个小时。

玉垫君，你真有趣，但是，说对不起就算了

吗？不行。

告诉我，你喜欢吃哪种拉面？我喜欢海老名服务区的酱油拉面，碗里撒上满满的胡椒粉。我还想知道，你喜欢第一体操里的哪些动作？

玉垄广志

第一体操，我喜欢上下伸展手臂，尤其喜欢把手放在肩上的那部分。

我没有喜欢的拉面。但是昨天放学看过你的信后，我从本厚木车站骑自行车去了海老名服务区。吃了撒满胡椒的拉面。好吃。

三崎，为什么你能看见我？神奇。

三崎明希

上下伸展手臂的部分？相当朴实哦，没半点花头。

玉垄君，你不是透明人，我能明明白白地看到你。我记得很清楚，半年前，吉川老师上课点名时，他没点你的名字，没有看你的眼睛。全班同学都察觉了，不约而同开始轻飘飘地模仿。于是，他们都不再关注你，不和你说话了对吧？哈哈哈。

我今天的问题是：吉川老师因为什么开始无视你？

还有，柠檬茶和奶茶，你喜欢哪个？

玉埜广志

柠檬茶。

三崎明希

我喜欢奶茶。看来我们有一些性格不合的地方。不过这不是什么大事。另一个问题也请你试着回答一下。

玉埜广志

我不知道为什么。请不要再提了，在学校也不要看我。

三崎明希

要看！我要看的。

玉垫广志

三崎，你也想变成透明人吗？

三崎明希

如果变了就能和玉垫君说话，我愿意变！

玉垫广志

放学后，我在村滨购物中心天台上等你。

别再提吉川老师了。我想和你讨论犹太人大屠杀。

三崎明希

玉垫君。

我有时觉得自己脑子不正常。不知为什么，我对那些既恐怖又残酷的人间丑恶很感兴趣。不止是犹太人大屠杀，图书室里各国著名杀人犯的故事我都读遍了。杀人小丑约翰·韦恩·盖西。帕特里克·麦凯。赫伯特·穆林。十二宫杀手。艾德·盖恩。他们中有的人说，杀人是为了拯救世界。有的人说他会唱死之歌。我一定在渐渐错乱疯掉，越来越不正常，也许有一天，我不是杀了别人就是杀掉自己。越想我越害怕，浑身发抖。

玉埜君，在村滨购物中心天台上，虽然你没说一句话，但你握住了我的手，我好喜欢。谢谢你，握住了我脏的手。

玉埜广志

在我看来，你不会疯掉。有些人眼中恐怖恶心的事，对其他人来说，也许就是定心安慰剂。可怕的事随时都会发生，就像天气变化一样。好冷啊！超热！啊今天天气舒适正好！我们每天感受着气温，所以感到害怕不安也一样，是理所当然的事。

我触摸你的手时，你一脸惊吓，我还以为被你讨厌了。

三崎桑[1]的手一点也不脏，我喜欢，你的手让我心安。

---

[1] 桑：日语"さん"的音译，是比较正式的礼节性称呼。

三崎明希

玉垫君你是不是恋手癖?

你要是不嫌弃,下次还可以摸哦。凑近了看也没问题。玉垫君你可以对我的手随心所欲。

玉垫广志

我不恋手。我只是喜欢你的手。

昨晚,我回想着握着你的手的感觉,慢慢睡着了,做了一个梦。梦见我们两个在集中营毒气室里,那里死过无数人,墙壁地板满是黑斑,我们两人赤裸着。我正走近你,看你的裸体,你说不许乱看。负责放毒气的人正在准备一氧化碳和氰化氢,我们两个根本不在乎,正性欲高涨。

三崎明希

玉垫同学,你就算不恋手,癖好也很特殊。你设定的全裸场面先放在一边,无论如何,能出现在你梦里,我还是很开心。

马上就要春假了。要升二年级了。

有点寂寞呢。

玉埜广志

你知道怎么换体育馆天花板上的灯泡吗？

三崎明希

可能是谁蹦跳着换的吧。

马上就要春假了。

玉埜广志

蹦高，你真想得出。

春假怎么了？

三崎明希

玉埜君，我还是忍不了老师和其他同学对你的态度，我看不下去。你就在教室里，一个活人，根本不透明，为什么事情至今也没有好转。

玉埜广志

我无所谓，随他们去吧。能这样给你写信，收到你的信，就足够了。

最近我沽在这些信里。我们一直在信中见面。

三崎明希

我觉得，你的问题不止是你一个人的问题。还记得那个在奶奶小区里淹死的女孩吧，发生在一个人身上的事，也有可能发生在所有人身上。所有的河流都连在一起，你流进我，我流进你。你的事情，同时也发生在我身上，只是你在学校遇到了，而我，会在其他地方。

玉埜广志

没太看懂。你遇到了什么事吗？和我一样吗？请告诉我详细。

三崎明希

太难为情了，麻烦你不要深究了。

玉埜同学，你一个人住过吗？我上小学时，独自生活过两年。那时，我父母是镶着绿边的信封 [1]，打开后，里面有钱。让我拿去买饭吃的钱，

---

[1] 日本邮局汇款方式的一种，"现金书留"，汇款人用绿边信封直接装入钞票后邮寄给收款人。

支付电费，支付 NHK[1]，买教材和泳衣。每天放学回到家，我对着一个黑色绒布狗说"我回来了"。洗澡的时候我打开电视机，假装有谁正在看。夜里我用被子蒙住头，想象着有人正在身边。我的手之所以变成现在这样，就是因为那时总烧不好开水。我妈妈每三个月回来一次，紧紧抱住我，告诉我说，我们有钱啊，我们有钱的，你不要担心。她住一夜后就又不知去哪里了。四年级时，儿童相谈所[2]的人过来，把我带到练马的奶奶家。奶奶说我一直不知道啊我一直不知道啊真对不起从今天起你把奶奶当妈妈吧。我心里想，奶奶怎么可能当妈妈，太勉强了。尽管如此，我每天出门时的"我走了"，回家后的"我回来了"，都可以对着奶奶说了。不知不觉间，黑绒布狗松了线，掉了腿脚。

就写到这里。我不需要你的读后感。"看过了"即可。

---

[1] 日本每个独立居住单位都要支付观看费给 NHK（日本放送协会）。
[2] 日本政府儿童福利部门。

玉堃广志

看过了。

三崎明希

玉堃君性格里直率的一面特别好。

放学后，我在海老名服务区等你，我们吃拉面吧，碗里撒上满满的胡椒粉。

玉堃广志

今天的拉面真好吃。

三崎明希

回家路上，你为什么一直不说话？

为什么忽然松手了？

有点伤心。

玉堃广志

对不起。

回家路上，我看到有人在车里做那个事，吓了一跳而已。

三崎明希

是这样啊。

那我想问问玉垫君，你想做吗？我可以的，我不在意。

我不太喜欢他们那种做法，我普通的就可以。

时间和地点你来定。

我来做旅程安排。

玉垫广志

没人会为那个事做旅程安排。

我原本也不是故意提起，真的只是吓了一跳。

三崎明希

好吧。说了奇怪的话，对不起。你会不会瞧不起我？

不过，旅程之外的话，我是认真想过后才说的。

玉垫广志

明天我要和家里人一起去盛冈亲戚家，不能参加学年结束典礼了，我们新学期再见。

祝你春假愉快。

三崎明希

等玉垫君看到这封信时，应该已经四月了。

因为儿童福利的关系，我又要搬到其他地方了，今天是我最后一次来这所学校。

今天接下来的时间，同学们要参加学年结束典礼，而我，决定要做一件事。记得我说过的那条河吗，我想试试截断流水。

我是这么想的，为了我珍重在意的人，为了救他，绝不是只拉住他的手就够了，我必须去扭转他身边的一切。一般来说，这种情况做个炸弹就行，但我没有相关知识，更不喜欢什么爆炸，我想用别的办法。

三崎明希

典礼结束了。或者说，典礼进行到一半，被

我打断了。

对我来说，一切进行得很顺利，相当有成就感！就像终于吃到馋了很久的东西，心满意足。

现在教室里只有我一个人。儿童相谈所的人来了，让我快点准备，出发时间到了。

我不后悔，也没什么要反省的，只觉得遗憾，因为要去哪里，我自己决定不了。滨松的奶奶，练马的奶奶，都已经不在了。啊，我想早点脱离十三岁！哪怕马上变成七十岁的老奶奶也行！多么希望我长大后才遇见你。

我看见了村滨购物中心，我看见了天台。我和玉垫君手拉着手坐在天台上。那天的事情，我回想过无数无数次，今后，我也会回想无数无数次。

p.s. 你知道吗，黄瓜蘸上蜂蜜，吃起来有蜜瓜味。

玉垫广志

今天是四月九日。

早晨，我打开鞋柜，取出你的信放进书包，

然后去了教室。没有找到你，还以为你请假了。现在，我刚刚读完信。

究竟发生了什么，你现在在哪里？

玉埜广志

四月十日。

早晨全校集合，校长做了开学致辞。开课了，今年的班主任是横井老师。吉川老师虽然还在学校里，但没有做班主任了。

我听说了学年结束典礼上发生的事。是你突然开始大声发言，说吉川老师偷拍几个女生，某同学因为目睹了整件事，为此遭到吉川的冷落霸凌。你一直在大声说，直到最后被拽出体育馆。

现在已经没人再提那天发生的事了，老师在点名时，也自然地叫到了我的名字。但我没有答"到"。只有你，能呼唤透明人的名字。

三崎，我想见你。

玉埜广志

你已经转学三个月了。

我现在有了几个要好的同学，一起吃午饭，一起放学后去唱卡拉 OK。今天一起吃拉面时，我想起了你。之所以说想起，是因为已忘记。最近，我时常忘掉三崎。所以，我刚才想试试黄瓜蘸蜂蜜变蜜瓜的滋味，去了便利店，但那里不卖黄瓜和蜂蜜。倒是卖蜜瓜，我差一点买了。快要交钱时，才忽然察觉到不对，于是空着手走出了店门。

我该把这封信邮寄到哪里。

三崎，回答我。

三崎明希

拜启。

早晚凉意已生，顺致君安。

我是三崎明希。

本厚木中学时，我曾是你初一的同班同学。

时间过去这么久，不知你是否还记得三崎这个名字。

前些日子我整理旧物，发现了当时你写给我的信。明知也许会打扰你，我还是忍不住想联系你，所以写了这封信。你现在还好吗？

现在刚过午夜一点，我正在高速巴士车中。这辆深夜巴士，晚上九点二十分从神户出发，清晨六点半抵达东京，现在正行驶在东名高速公路上。邻座的人开着手机睡着了，我能听见鼻息。我的座椅似乎有问题，椅背放不下去，真伤脑筋。现在，我一边用脚尖撩着脚下的毛巾布拖鞋，一边想起了一些事。玉埜君，你还记得吗，教日本史的野田老师的拖鞋。那天上课时，野田老师拖鞋底上粘着一个避孕套袋子，不知是谁掉的，空袋子怎么就粘上去了。我正惊讶时，扭头看到邻桌玉埜君也一脸惊讶。野田老师是年级主任，如果被他察觉，老师们就一定会找犯人，真让人心惊肉跳。最后结局是什么来着，我忘了。

啊，对了，现在我要告诉你。我的椅子忽然好了，能放平睡觉了。所以无聊的话就写到这里，等到下一个服务区停车休息时，我就把信塞进邮筒里。现在服务区的规模扩大了，你记得吗，我们一起在那里吃过拉面。木筷纸袋外面写着零碎小知识，独角仙抬起半边腿撒尿什么的，特好笑。

p.s. 可能我应该在信开头说，通告一下，到东京后我就要结婚啦。现在这辆巴士的司机，就是我的未婚夫。如果不打扰，给我一个联系方式好吗？想寄喜帖给你，下面是我的邮箱地址。

玉垫广志

三崎明希小姐，好久不见。

你的信寄到了厚木我父母家，今天他们把信转邮给了我。

看到寄信人栏里你的名字，我恋旧地回想起了过去，等读过内容却大吃一惊。

三崎，你乘坐的神户到东京的深夜巴士，莫非就是前几日发生了交通事故的那辆？巴士在东名高速公路海老名服务区附近，开上中央隔离带后翻车，八名乘客死亡。刚才我上网查了车祸遇难者名单，虽然没看到你的名字，但我还是很担心。我还看到，肇事司机至今在逃。

你可以回信给现在这个邮箱地址，这里还有我的手机号码，如果方便，请联系我。

2

三崎明希

接着上封信写。我想起来了，粘在野田老师拖鞋底上的袋子掉下来后，被古川郁美捡到了。古川郁美后来把袋子夹在读书感想指定书籍里当书签来着。

玉垒君，我没事，平安健康，刚刚吃了配两份小菜的午饭便当。谢谢你的邮件地址。我会时常联系你的。

哦，对了，可能我问得有点笼统，玉垒君现在什么样子？还有，村滨购物中心现在还在吗？

玉垒广志

多谢回信。

知道你没事，我就放心了。

先回答你的笼统提问，我住在东京都目黑区，在一家中等规模的广告公司工作，负责企划，最近的作品是阿斯卡牌的眼镜。尚无女友，正在募集。

你另一个问题里的村滨购物中心是什么？我记不清了，是车站前商业街的名字吗？

报纸和电视现在连日报道巴士事故和逃离现场的司机，就是你信中说的未婚夫。

别怪我多管闲事啊，作为你从前的同班同学，我很担心你。你在哪里，正在做什么？

三崎明希

看着你的邮件，我不由得把手里的咖啡放回了桌上。没想到玉垫君在广告公司工作，真了不起。至于某某购物中心，你不记得就算了，完全不成问题。

言归正传，让你这么担心，真不好意思。

关于我的现状，不久前我在神户某邮购公司上班。公司卖汉方药，到底有没有疗效，很不好说，蛮可疑的。我负责处理客人的不满投诉电话。正好未婚夫要到东京工作，我就辞职一起跟过来了。公司上司和同事们都说，我坐着未婚夫开的巴士去当新嫁娘很浪漫。就这样，我在起哄谈笑声中，坐上了那辆巴士。

上车时我和他没有说话，他对上我的眼神，又移开了视线。当时我没放在心上，觉得理所当然，因为他在工作。现在想来，如果当时有所察觉就好了。察觉到他的……怎么说呢，异状就好了。

出发十小时后，车祸发生了，多人死亡。当时我旁边坐着两个兴奋雀跃的女高中生，她们在追喜欢的乐队，正要去听音乐会。

抱歉，后续我会在今夜接着写。

玉埜广志

早晨好，哦，也不早了，已经十点多了。

听事故当事人讲这件事，我说不清自己的心情，真像一场电影。

我不是新闻媒体记者，自然也不想打探事故状况，我只是想见见你，让我请你吃饭吧。惠比寿附近有家好吃的烧肉店。

吃点美食，舒缓一下心情？正好我也想放松一下。今天不小心翘掉一个重要的客户商谈。

我们来互相鼓鼓劲。

三崎明希

说好晚上写后续，现在已经过去两天了。

下面是后续，有点长。

我坐在车前进方向的右侧座位，从后数第四排。从结果来看，这个座位救了我的命。

车上乘客男性居多，也有全家一起乘坐的。巴士途经大阪和京都时又有一些乘客上车。午夜后，巴士驶上东名高速，我一直醒着，在给你写信，还考虑了一下喜帖措辞。巴士在海老名服务区停了车，虽然东京近在咫尺，在这里还是有十分钟休息时间上厕所。我下车去找邮筒寄信，当时的心情，就好像在旅游景点寄出纪念明信片。

我返回正准备上车，看见他在吸烟区抽烟，虽然周围昏暗，我依然看出他脸色很难看。我问他，你不舒服？不要紧吧？他低着头，并没有回答。我只看到烟头微光在他手指间明灭，也许工作时间不该打扰他，这么想着，我转身准备上车。这时，听见身后传来他的声音，我们的婚事，还是算了吧。

我听得一清二楚，却没有回头，只是径直走

回了自己的座位。车上众人正在酣睡，我立刻放倒座椅，趁他返回前闭上了眼睛。我听到引擎发动，感受着巴士被东名高速的滚滚车流吞没，不知不觉间睡着了。

车祸发生的瞬间，我什么感觉也没有。既没听到巨响，也没感受到身体翻滚。等我察觉时，屁股已经撞上巴士天花板，眼前落着一本什么杂志，封面上一个泳装少女偶像正微笑着向我展示着乳沟。我对面无数人堆叠在一起，不知道有多少人，只看见数不清的手脚勾结缠绕着，其间夹杂着塞着袜子的皮鞋、压瘪了的特产礼盒和凯蒂猫化妆袋之类的东西。我茫然地看着眼前的一切，忽然和一个人对上了眼神，那人的脖子以奇怪的角度扭曲着。车窗玻璃碎了，有人半个身体戳出窗外，啊，那人死了，一眼就能看出那人已经死了。我漠然地想，眼前情状我以前见过，从前我在图书室里的书页中见过啊，是同样的恐怖场景。

中央隔离栏刺进车厢，在我脖子旁边戳过，扎穿前面一行座椅。不知从什么地方传来骨头断裂的声音，声音渐渐清晰起来，人们的呻吟，道路上的奔涌车流声。我听见有谁在喊，疼死了疼死了，定睛再看，女高中生横倒在我大腿上，鲜血濡湿了头发。

怎么从车里出来的，我已经不记得了。等我回过神来，发现自己正把女孩放倒在路边，让她躺好，啊，她好像没有呼吸了，这种时候该怎么办来着？啊要找那个东西，那个三个字母的东西。这么想着，我一回头，就看见巴士架空在中央隔离带上，车头朝天，就像从地里长出来的似的，驾驶席撞瘪了，有个人正从裂缝中钻出来。我呼唤他的名字，桂木！

桂木抬头，仰望着巴士，鼻子里哼着歌。桂木！我又叫了一次。他回过头来，我们四目相对。那是一双空洞的眼睛，没有任何情绪，我什么也感觉不到，桂木！桂木！我连声呼唤，他背过身，在路灯下一步一步走远，身影越来越小，时隐时现，最后完全消失了。

女孩有了呼吸，我抱着她的肩膀，不停地对她说，你脸上没有伤，没破相，你的朋友一定没事的，你听救护车来了，有救了。

玉埜广志

真对不起，没能及时回信。

最近连续遇到难缠的客户，加上课长变动，这一段时间很是手忙脚乱。

现在终于安定下来了，你想吃烧肉吗？最近我一直在吃附近的拉面定食，有点营养失调。

今天我坐电车，两次都坐过了站，该在日比谷下车，却坐到了茅场町。最近常干这种事。

车祸的事对我来说有点缺乏真实感，无论如何，你还活着，没事比什么都好，很高兴你现在平安。

三崎明希

谢谢回复。

拉面定食？拉面怎么配米饭一起吃啊？

玉埜广志

我大学时代的朋友里，有个男生姓豆生田，这姓很少见，读成 Mamyuda。

豆生田擅长用炒饭当菜，配白米饭一起吃。

三崎明希

我想起桂木当时在哼什么歌了。

法国民谣，《雅克兄弟》。你知道这首吧？两只老虎，两只老虎，跑得快，跑得快，原曲就是《雅克兄弟》。他哼得那么悠闲，那个声音至今回响在我脑海里。我忍不住想，所谓的死之歌，说不定就是这种调子。

豆生田同学听上去很有意思，他还有别的趣事吗？想听。

玉埜广志

豆生田经常吃糖，不是含化，是直接咬碎。他在桌上放一整包水果糖或黑糖，一边喝酒一边伸手抓糖送进嘴里嘎嘣嘎嘣咬着吃，一块接一块。

豆生田去年去了非洲。忘了是哪个国家了，那里没有清洁水源，人们喝着脏水，身体状况都不好，所以他说要去修建水管设施。其实我最想揪住他，你借走的球鞋还没还我呢，霸占多久了！无论如何，豆生田真的给非洲小村修好了水管设施，然后回来了。

上个月，他和年长他十岁的职业高尔夫球员结了婚。我很奇怪，这个男人半点高尔夫规则都不懂，怎么认识的职业球员，居然一直进展到成婚。更令人震惊的是，他婚后居然把我的球鞋挂到了网络上拍卖。

话说回来，三崎，我还没问你住在哪里，现在变成了什么样的女性。

三崎明希

嗯，我现在什么样子？估计和你周围的人没什么不同。

我住在原定要和桂木一起住的地方，一间小小的单室公寓，房产中介推荐这间，桂木听后二话没说就决定了。窗帘是我选了喜欢的布料自己缝的。

玉垒广志

我临时要去洛杉矶出差。

上司坐商务舱，我只能在经济舱里忍着。

只在洛杉矶住三晚，可谓子弹型出差，速去速回，有事请联系我。

我买礼物带给你。

三崎明希

洛杉矶啊，真好。

玉埜君经常去国外出差吗？我只出过一次国，就是那个可疑的邮购公司组织的员工旅行，去了关岛。说是旅行，大家都去打高尔夫了，我只在周围走了走，被一只巨大的蜥蜴吓了一跳而已。

工作请加油。

祝一路平安。

玉埜广志

洛杉矶这边现在正是午饭时间。没想到我得陪着上司来打高尔夫球。因为时差，我睡得不好。

酒店房间冰柜声很吵，半夜我几次醒来，知道自己刚做过噩梦，却不记得梦见了什么。

三崎桑你用什么香水？如果你有喜欢的类型，请告诉我，我买礼物给你。

三崎明希

没能及时回复，对不起。

你已经回国了吧？谢谢你的好意。其实我没用过香水。

好意我心领啦。

玉垫广志

回来了。

香水买了上司推荐的。先放在我这里，等见面时带给你。香水不用放冰箱保存吧？豆生田有个毛病，什么都爱往冰箱里塞，有时一盒鸡蛋的旁边放着避孕套。

本周的周刊杂志，你看了吗？

三崎明希

看了。上面登了桂木的照片。

那张照片和他社员证是同一张，我见过很多次，总觉得不像他。

我想明天出门，去找一找桂木。我会嘎嘣嘎嘣咬碎糖块，用豆生田精神去找。

玉埜广志

豆生田精神啊，那我可不敢恭维。

说实话，我很惊讶。你说要去找桂木，找他做什么？！那是警察的事。

虽然你是他的未婚妻，但也是受害者之一，你能做的，就是早日振作起来。

如果我是你，我会选择忘掉桂木。

三崎明希

我发完邮件洗了个澡就看到你的回复，真快！

正如你说的，我也这么想。玉埜君你是对的，对得无可辩驳。

但是对不起，我做不到。

玉埜广志

他可是自己跑了，把你一个人抛在车祸现场！

三崎明希

对不起。

玉垒广志

为什么道歉？

三崎明希

为我一直给毫无关联的玉垒君写邮件而道歉。为我特地告诉你要去找桂木而道歉。给你添麻烦了。

玉垒广志

并没有。一点都不麻烦。

三崎明希

虽然你不觉得，但麻烦就是麻烦，已经添了，无法否认。传递悲伤这件事本身，就是一种暴力。悲伤不该特地说给别人听。

已经三点了。晚安。

玉垒广志

先不要睡，告诉我电话号码，我想和你直接通话。

三崎明希

电话就算了吧。现在这种距离感刚刚好。

结婚的事，是我先提出来的。

那天工休，我们去了大阪港。买了干巴巴的热狗，挤了大量芥末，我们一边吃，一边看不远处两个男孩投掷棒球。看上去像是兄弟俩，哥哥接住一个球后说，把球扔得远远的，才最好玩。我听到他这么说，忽然就有点领悟。怎么说呢，回程路上，我脑子里一直回响着一句话，球扔得越远越好，球扔得越远越好。我对桂木说，我们结婚吧。

结婚的事定下来后，我和他都像换了一个人，笑容越来越多。但是，他从最开始就已经察觉了。那天和他在海老名服务区对视时，我一下看清了，这个人早就明白，我只是想把球扔远而已，我根本不爱他。

那场发生在高速公路上的车祸，我想，元凶是我。登载在周刊杂志上的大头照，不是陌生人的，那是我的脸。他空无一物的眼睛里，映照的是我的双眼。

玉垒广志

我要说说我的看法。

去年夏天，我和一位名叫桥本香织的女孩交往了一段时间。她是我当时所在的设计公司的助理。有一天台风直击东京，附近车站进了水，交通瘫痪，我回不去家，正不知如何是好，忽然看见桥本坐在一家连锁家庭餐厅里，隔窗向我招手。我们在那儿坐了四五个小时，等待台风过境。我们聊着可有可无的话题，风渐渐平静下来，我们一起走出餐厅。那一夜，东京的空气格外透明，有着特别的气息。路上已有空计程车在跑，我和她一起去了附近的酒店。那之后，我们交往了半年。这期间，究竟喜欢还是不喜欢，爱还是不爱，我们一次也没有谈过。如果有人这么问起，我想可能我们都不知该怎么回答。这就是吊桥效应吧。此类光景，在东京的夜晚比比皆是。

你认为车祸责任在你，不对，你想错了。

三崎明希

我和玉垒君已多年未见。我并不奢望你能理

解。但是现在，我需要把心里话说出来，就像现在这样。对我来说，你的回复都是鼓励。

谢谢。谢谢你的温柔耐心。

玉垒广志

三崎你知道吗，现在舆论在怎么猜测桂木良祐的下落？

三崎明希

也许大家都在猜，桂木良祐是不是自杀了。

我知道的。

玉垒广志

对不起，刚才我的话太欠考虑。

我只是不甘心。

你不爱他，这是什么意思。你不爱他，却想和他结婚。不爱他，却想去找他。

我不懂。

我想和你直接谈谈。请告诉我电话号码。

三崎明希

我知道玉埜君会有疑问。是啊，要是能有条有理地解释清楚该多么好，就像解释冰箱怎么用，电饭锅有哪些功能。我要是能说清自己的功能该多么好。

看到可爱的小狗，我有感慨小狗可爱的功能。收到鲜花，我有赞美花朵美丽的功能。但是，爱一个人的功能，我没有。

这不是抽象比喻。我，接受不了他人的身体。桂木的身体，我一次也没有碰过。甚至没摸过他的手。我也不知道理由。也许小时候受过伤，残留着伤痕而不自知。我已经放弃问自己为什么了。就像有的电饭锅没有计时器，我想，出厂设定便已如此。

即便这样，我依然希望和桂木结婚，真是不可饶恕。

晚安。

玉埜广志
晚安。

玉埜广志

最近，我频繁坐过站。经常忘掉找零就走出商店。今天早晨醒来，依旧清楚记得昨晚的噩梦，我梦见了阴暗的毒气室。

今天从公司早退了。试着给桥本香织打了电话。就是我在台风之夜开始交往的那个女孩。桥本解约了手机，号码已经不存在。我问共同的朋友，朋友说她回了仙台老家。我问，莫非是回家结婚？朋友语气略带激动地告诉我，桥本和我分手后不久，曾轻生未遂过。

挂掉电话，我一边看电视，一边吃掉了冰箱里三天前留下的剩烧卖。正吃着，刚才通话的朋友发来邮件，向我道歉，说刚才语气不好，说桥本的自杀未遂与我无关，桥本现在有了新恋人，很幸福，请我不要在意。

怎么可能与我无关。我趴在水池前吐光了刚才胡乱吃下的烧卖。不可能没有关系。所有的河都连在一起，你流进我，我流进你。

玉埜广志

好不容易一个周日，早晨就开始下雨。回想起来那天也是周日，也在下雨。

初一的那天，我去建材超市，花八百四十日元买了一把铁锤。雨中，我把锤子藏在上衣里，去了空无一人的停车场。拆掉包装，拿出锤子，想象着吉川老师比我高一点，我瞄准那个位置，反复空砸，还在橡胶轮胎和树枝上试了砸中时的手感。吉川老师的后脑勺一定比这个软，我一边想，一边击打了无数遍。

第二天早晨，我把锤子藏进运动服布袋里，带到了学校。进楼换鞋时，发现鞋柜里躺着一封信。

那之后，我把周日到周一早晨之间发生的事深埋进心底，一直尽力不去想起，直到今天。

昨晚，我反复读了你的邮件。读完后，出门坐电车，去了村滨购物中心的旧址。村滨购物中心现在已是一片空地，周围圈着铁栏，上蒙蓝色塑料布。空地上野草葳蕤，丢弃着饮料空罐和废旧自行车。我和三崎桑在这里拉过手，旧日风景早已无迹可寻。我走进一家咖啡馆，隔着二层吧台前的窗户，抬头仰望曾是屋顶的那块空白，看见空白里无数雨滴飘落的痕迹。

这么久了，我一直在看什么啊。从前我对你做的事，后来又对桥本做了一次，现在又重新加诸到你身上。如果下个定义，也许，这就叫作"路过却视而不见"的暴力。也许，这和用铁锤砸头其实没什么两样。

三崎桑，我欠你的。那时你救了我，你在我鞋柜里留下了信。我想和你站在一起，做你的力量。

3

三崎明希

十八岁时我拿到了驾照。那之前，我毫无根据地觉得自己一定是开车好手，果然，连驾校都没去，考试一次性通过，拿到了驾照。但今天，我才第一次开车。

我租了车，一路开到练马，现在进了关越高速公路入口处的 Gusto 餐馆 [1]。刚点了大份的意式番茄罗勒汉堡排套餐，准备吃得饱饱的，一口气冲上关越高速。

我走了。

玉垫广志

有件事要告诉你，刚看过网络新闻，你在巴士上看见的那两个女高中生，现在回校上课了。

番茄罗勒汉堡排好吃吗？也许要一个星期联系不上你，我有点不安。你目的地是哪儿就省去

---

[1]　一家连锁家庭餐馆。

不问了。第一次开车，请务必小心。

三崎明希

谢谢你的好消息。衷心祝愿两个女孩能早日去追乐队、听音乐会。

现在，我正在关越高速上，赤城高原服务区。刚才吃得太撑，还不饿，所以只吃了一个高原葡萄冰激凌。

玉垒广志

大学时代我在滑雪场打工，去过赤城高原。

接下来也请小心驾驶。

三崎明希

到了目的地。

这边有点冷，后悔只带了件薄开衫。刚才风大，卷起了一个下班女人的裙子，不小心看到了她的底裤。

现在打算找个地方住。

玉埜广志

小心感冒，买件上衣吧。

记得给发我邮件。我等着。

三崎明希

底裤的事算我白说。

在这边的租车店还了车，找好了车站前一家四层楼的老旧商务酒店，窗户紧贴着隔壁楼，离海虽近，却看不见。

刚才吃饭前先去了美发店。一照镜子，就发现映出的模样难看死了。一个染着紫发的阿姨给我细致地剪了头发，满意！

接下来我想在街巷里走一走。桂木说过，这里是他出生长大的地方。当然了，不见得一定能遇到他，再说警察早就搜查过了。

但还是想走一走。像猫一样在幽暗里睁大眼睛，像狗一样嗅嗅味道。

玉埜广志

早晨好。

昨天被上司叫去帮忙搬家，上司儿子在养独角仙，想起你说过，独角仙抬起半边腿撒尿，我照样讲给公子，他听得特别开心。我一时得意忘形，不小心溜出一句，有一种恐龙叫黄色漫画龙[1] 哦，被上司太太啧了一声。

今天是第三天了？

三崎明希

现在是第三天的傍晚。这边的商店街里，很多店倒闭了，到处可见放下来的卷帘门。行人稀少，走起来很舒服。明天我要早起去海边走走。

搬家辛苦啦。一只蜜蜂终生收集到的蜂蜜只有一勺那么多，下次再搬家，你不妨讲这个。

玉埜广志

如果蜜蜂终其一生在采蜜，那我的一生在采集什么？

对的，今天我又在加班。

---

[1] 此处指伊罗曼加龙（Eromangasaurus），其发音与日语中"黄色漫画"很相似。

三崎明希

现在是第五天的夜晚。

我走进五天来终于拉起卷帘门营业的小咖啡馆，要了通心粉，店门每次开闭，我都扭头去看，胡思乱想了很多。不知不觉间，通心粉冷掉了，用餐叉一叉，直接举起来一整坨。

一天下来，想着要给你发邮件汇报今日见闻，一路走回酒店。无人岛上的漂流者每天在墙上画一笔，我也一样，向你汇报，今日无事，照旧平安。

玉埜广志

为保险起见，和你说一声，今天发售的周刊杂志上有一篇提到桂木良祐未婚妻的文章。有你在那家可疑的邮购公司时拍的照片，照片打了码。

我有个问题，三崎，找到桂木后，你想说什么，会做什么。

三崎明希

没想到我也有打码上媒体的一天。

谢谢你提问。也许你会觉得我在骗你，但是真的，直到你问起，我一直没想过这些。

我也想知道。我究竟想对他说什么，做什么。

请给我一点时间。

玉埜广志

我知道了。

三崎明希

桂木有股汽油味，无论他的身体，还是他脱下来的上衣。

桂木头上的旋儿向左，我说，据说左旋儿的人很聪明，他回答，看来那是胡说。

桂木喜欢素面，比拉面、荞麦或乌冬都喜欢，如果问他前一天吃了什么，回答大多是素面。

问他喜欢哪个数字，他说 14。我心想，为什么是两位数？

关于桂木，我能想起的就这么多。难免自问，我都了解桂木什么啊。我也一样，向他施加了"路过却视而不见"的暴力。

如果找到他，可能我什么都不会问。只是，如果他希望我做什么，无论是什么，我都愿意满足他。

玉垫广志

晚上睡不着，刚才出去走了走。从山手通走到神泉，穿过情人酒店街，沿着中央商店街走了一圈，爬上道玄坂，现在回来了。

豆生田说过，有些事情不该在夜晚思考，应该早晨起来，吃完米饭和味噌汤后再想。我在深夜里想了很多不该在深夜思考的事。比如，三崎，我不该离开你。

事已至此，我现在很后悔，不该在春假前和家人一起旅行，不该留下你一个人。

三崎明希

我也睡不着。

刚才用被子蒙住了头，好久没这么做了，但还是睡不着。

你说不该离开我，也许吧。但你离开了。对我来说，那个春假没有来，玉埝君在我心中依旧是初一的样子。今天是那一天的延续。玉埝君想象中的，不是现在的我，而是初中一年级的我。

哈哈，邮件真方便。

玉埝广志

三崎，我们在村滨购物中心天台上见面了，我摸了你的手指，拉住了你的手，我们手心叠着手心。如果今天是那一天的延续，那我们的手就没有松开。

三崎明希

对我来说，那是件特别的事。

玉埝广志

三崎，如果我不能帮助回忆中的你，那我想带着现在的你一起远远地逃走。

三崎明希

逃走？去哪里？

玉垒广志

去哪里都好。

香港，曼谷，布加勒斯特，布达佩斯，卡萨布兰卡，喀布尔，都可以。

三崎明希

玉垒君，你的眼镜广告企划工作怎么办？喀布尔，阿富汗的喀布尔？在那里你怎么生活？

玉垒广志

打工？

三崎明希

别嫌我说话不好听，麻烦你先上网搜一下"阿富汗打工"。

玉埜广志

搜完了。遗憾，阿富汗似乎打不了工。

三崎明希

我好久没这么笑过了，看来今晚我能睡着。

窗外天光已经微明，又是一个周一。我来这里已经八天。如果我是蝉，那我已经死了。

趁着没死，我先睡觉了。玉埜君你也睡吧。

晚安。

玉埜广志

晚安。

三崎明希

就在刚才，我接到从公共电话打进来的电话，对方什么也没说就挂掉了。如果我没猜错，如果我没猜错。

玉埜广志

无言电话啊。也许你没猜错。

三崎明希

早晨好。

汇报一下，我又接到几个无言电话。刚才对方又打过来，我自顾自地告诉他，我正在这个小镇上。那边沉默了一会儿，挂断了电话。

来电话之前，我以为能做的都做了，已无计可施，正准备返程，又不甘心坐电车回去，打算让玉垫君过来接我。没错，我正打算给玉垫君打电话，一切想得真美。

接到电话后，我马上知道他在哪里了。通话记录里留着号码，我查过了，是从一个旅馆打过来的。

我现在准备去港口。

玉垫广志

今天晚报上登了桂木良祐的消息。事情紧急，请你马上回复我。

三崎明希

正在车站等电车。什么消息？

玉埜广志

两天前，有人在新潟市的家庭餐厅里看到了疑似桂木良祐的人。他在点餐之前，问女服务员借了圆珠笔，在几张餐巾纸上留下大段文字，没有吃饭就离开了。

请你不要去找他，我马上去接你。

三崎明希

他留了什么文字？

玉埜广志

你不用看。

赶快联系我。

三崎明希

好吧，我自己买份晚报。

玉埜广志

我把文章抄给你。读完后请马上联系我。

以下是桂木良祐两大前留下的信。

"我是一个巴士司机，刚才我在十四点十四分时进店，你是导位员，带我到六号桌，我觉得你是一个亲切善良的女人。读过这封信后，请你马上逃走。因为这家店里有蚊香味。你可能不知道，凡是有蚊香味的地方，一定潜藏着克鲁曼德·克鲁曼巴。克鲁曼德·克鲁曼巴的由来，要上溯到有人吃了会说话的鱼。那时人类还住在岩洞里。前日有人在下水道里发现了人手人脚和人头，那就是克鲁曼德·克鲁曼巴行为中的一环。克鲁曼德·克鲁曼巴会问你借橡皮，橡皮是坟墓的隐喻。你千万不能借，否则你的身体会被有害磁力溶解，那之后，克鲁曼德·克鲁曼巴将复活你。请你务必遵照我的指示，冷静地逃走。不用担心我。他们只追击有名字的人。我没有名字。"

就这些。

你了解的桂木，并不是桂木的全部，这封信里的桂木，也不是桂木的全部。所以，你救不了他。他需要妥善治疗。

我请了一周假，现在去和朋友借车，下午就出发。期待与你重逢。

三崎明希

谢谢你告诉我。

但是，对不起，我要去接他。

我总是不由自主地返回到起点。小区里淹死的那个同龄女孩子，也许本该是我。如果能轻易交换死者的位置，那么桂木那封信就算是我写的，也不奇怪。

可能发生的悲剧就算最后没有成形，也依然在深处永远残留着痕迹。终有一天，悲伤汇聚成河，所有的河都连在一起，你流进我，我流进你。悲伤之河，流进更深远的悲伤之海里。

玉埜广志

好吧。

但我依旧会去接你。告诉我地址。

三崎明希

我将在直江津港乘船，去佐渡岛。

玉垒广志

收到。

三崎明希

现在我到了小木港。

港口比想象的要大，我从服务中心问到了旅馆的地址。

说来很奇怪，我一点都不紧张。

玉垒广志

我到直江津港了。

买了最晚班的船票。看来能在深夜前抵达。

刚才看到警车驶过，或许我想多了？

三崎明希

刚才淅淅沥沥下起雨来。正好旁边有家定食屋，我要了照烧鰤鱼定食和猪肉味噌汤。开店的老奶奶染着紫色头发，店门口卧着一只大肥猫。

请你别担心。我吃饱了。莫名自信能顺利找到他，不是今天就是明天，多半就是今天。既然他没有选择去死，我想带他去自首。之后会怎样，我也不知道。也许明天这时候，我正蹲在地上抱头考虑怎么赎罪呢。但是今天，我知道玉埜君会来接我。我能和玉埜君一起回东京。回去的路怎么走，有玉埜君引路。没有比这更高兴的事了。

水景屋的照烧鲕鱼定食，七百二十日元。好吃，推荐。

现在我要出店了，准备去旅馆。

玉埜广志

我到了水景屋，这里营业到晚上十点，打算坐下来等你。没看到大肥猫，老太太倒是一头紫发，这家的孙子像是马上要参加音乐演奏会，最里面的房间里一直传来练习竖笛的声音。

现在，我坐在这家陌生港口旁的老旧定食屋里，不知为什么，心中充满了希望。我终于要和三崎久别重逢了。我该用一种什么表情走向你，最开始要说些什么，回程路上我们聊什么，想着这些，忍不住微笑起来。

照烧鲕鱼定食上来了。准备开动。

三崎明希

现在晚上十点已过，我返回到水景屋了。店已关门，我坐在路边等你。

我没找到桂木，据说他今天早晨离开了旅馆。方便的话我们先会合，一起决定明天之后该怎么办。请回复我。

啊，刚才大肥猫从我眼前走过去了。

三崎明希

深夜零点已过，刚才的地方太黑，我已转移到港口。

玉垫君，你在哪里，也许你已经返回东京？这样也好。让你费心了。

三崎明希

天亮了。虽然这么说，天空还很暗，看来港口的时间比别处都早，人们已经开始聚集。昨天我在候船室里待了一晚。

玉垫君，你是不是已经到公司了？

下次我想看看玉垫君的眼镜广告。

再联系吧。

三崎明希

我回到东京了。

我才离开十天，仙人掌就干瘪了，买的时候花店明明说绝对不会干枯的，我顿时浑身无力，跌坐在地上。你知道怎么救活干瘪的仙人掌吗？我该怎么办？

玉垫广志

我是玉垫。

对不起，回复得晚了。先汇报一下现状吧，我和桂木在一起，两人都平安无事。

稍后再联系。

4

三崎明希

我原本给自己定了规矩绝对不给你打电话，现在不管了，刚才给你手机上打了很多次。

看了你刚才的邮件，我惊讶到忘掉呼吸。你为什么和桂木在一起？回复我。

玉埜广志

三崎，别担心，不要紧的。呼吸！

三崎明希

好，我在呼吸，等你回复。

玉埜广志

现在早晨六点刚过。我正在一家网吧里，桂木在隔壁隔间，估计在睡觉。

让你担心了。具体情况是这样的。

那天我进了水景屋定食，正在等你的时候，忽然听见屋外传来急刹车的声音。出门一看，一辆自行车倒在汽车前，一个女的下了车，检查保险杠有没有被撞坏。我看到一个男的正拖着腿一瘸一拐地跑远。我跟着追上去，他的腿好像受了伤，而且，脚下穿着一双厕所专用的塑料蓝拖鞋，却跑得飞快，直到港口的尽头，我才追上他。他栽倒在一摞装鱼的木箱旁，我伸出手，想拉他站起来。虽然胡子拉碴，他比我想象的要干净得多，他没接我的手，自己站了起来，浑身战栗，　脸马上就要哭出来的表情。你猜他说什么，别杀我。

　　我去小卖部给他买了双人字拖。买了我们两个人的船票，开车上了渡轮，想着抵达直江津港后马上就联系你。桂木站在后方船板上，低头看着海，身体不停地颤抖。那样子让人无法想象他居然写出过那种信。我买了咖啡牛奶和热狗递给他，他只接了咖啡牛奶。我问他不饿吗，他说不喜欢那种气味，食物上有股食物的气味，他不想吃。我告诉他不要紧，不用担心，等到了港口我就和三崎明希联系。他是这么回答的：我是故意的。我故意没踩刹车。

　　最开始我没意识到他在说什么。桂木喝着咖

啡牛奶，接着说，我本来想杀了明希后自己也去死的。

那时船正在掉头，螺旋桨噪声震耳欲聋，他说的话，我听得一清二楚。渡轮渐渐远离陆地，开到汪洋大海的正中，不知为什么，我感觉自己正在上空俯视着我们两人。我愣在那里，哑口无言，只觉得自己渺小无力。这时天就应该打雷，多么希望一道闪电劈落，正好击穿桂木的身体，这样最简单省事。但奇迹并没有发生。那一刻我痛切地明白，只有我自己，能完成那道闪电的职责。

三崎明希

玉垫君，请接电话！我有不好的预感。

玉垫广志

对不起，你多次打来的电话我都没接。无论如何，请不要担心。

三崎明希

这是我的事，不该牵连你。

玉垫广志

如果那时我没收到你的信，我可能已经挥出了铁锤。我能活到现在，为的正是此时此刻。为了在意珍视的人，为了救她，绝不是只拉住她的手就够了，我必须去扭转她身边的一切。是这样吧？

三崎，没关系，反正在世人眼里桂木只有自杀一条路，就算找到了他的尸体也不会有人感到不可思议的。我会保护你。

三崎明希

错了！你错了！这是我和桂木之间的事，你只是想参加进来而已，这件事并没有发生在你身上，你只是误入了别人的人生。

玉垫广志

桂木剪短了头发。觉得他头发太长了，就去买了剪子，后脑勺是我帮着剪的。他现在非常冷静。

他告诉我，他从小就憧憬当巴士司机。所以

后来在求职杂志上看到巴士司机的招聘广告，就认定了那是为他准备的岗位。从兵库县开到东京，一夜跑完六百公里，几乎没多少时间休息，第二夜又要上路，这种日程经常要持续几天或几十天。深夜，熄掉所有车内照明，在高速公路上奔驰，人和巴士仿佛融为一体，化作一头鲸鱼，游曳在深海里。除了人类以外，会选择自杀的动物只有鲸鱼和海豚。绝望厌倦的鲸鱼，会用巨大身躯撞击岩石，触礁搁浅而死。这些事一直在他脑海中徘徊不去，他经常想，如果就这么撞到中央隔离带上会怎样，如果幻想成真，会怎样。

我说，想死你就一个人去死，何必牵连乘客和三崎。桂木听到后不由得扭过头来看我。看着他困惑惊讶的样子，我才反应过来这句话变成了声音被我实际说出了口。这世上很多人想要去死。求死之人里，有些人无法独死，一个人安置不下的悲伤和愤怒，要向外发散。

桂木抬头看着我，像在看什么奇怪的东西。我说，好了我们该出去了，外面是好天气，桂木你喜欢什么样的天空？他回答，飘浮着小块碎云

的天空。三天没见天日了，现在抬头，天空中正
飘浮着小块碎云。

三崎明希

告诉我，你在哪里。

玉垫广志

抱歉，不能说。

三崎明希

请你立刻带桂木去自首。

玉垫广志

不行。那么做的话，所有人都会知道你的名
字，知道你就是桂木的殉情对象。

三崎明希

如果桂木这么说，那么这就是事实。我准备
接受。你打算做的事毫无意义。

玉埜广志

没关系。请你照常生活，就像什么也没发生一样。

三崎明希

我不想把你变成杀人凶手。

玉埜广志

这是最后的邮件。

现在我和桂木所在的地方，是我和你来过的地方。这里变化真大呀。

重温了我们走过的路线，过去种种，一一浮现，很多事情都留下了遗憾，本应该这么做的，本应该那么做的，要是真的做了该有多好。尽管我们之间原本没有后续，但我联想了很多，那之后，我和你一起参加了本厚木中学的毕业典礼；在摩天轮里，互相指着家的方向，说你看你看！就是那里呀！毕业后找到第一份工作，你笑我的西装不合身；下班后我们约定见面，互相汇报哪个同学新近结了婚。曾几何时，也许我们本该有那样的后续。我想，所谓绝望，就是那份原本有可能实现的希望枯萎了。

那时我握住了你的手。但最重要的不是握住，而是一直紧握住不放手。三崎，我喜欢过你。再见。

三崎明希

等等，求你了。回复我。

三崎明希

玉垫君，求求你，让我听听你的声音。

三崎明希

玉垫！

三崎明希

不知在看这封邮件的你，是已经万事无法回头的你，还是改变了想法的你。无论是哪个，我都有话对你说。

能不能说清，我没有自信。毕竟话说越多，

越背离本来真意。但我依旧要写下来。

如果给这一切起个名字，也许就是初恋。

人都有青春期，人在青春期里邂逅的、喜欢上的，会变成独一无二的存在。在那之后，人再无法走进同一条河里。换句话说，她在青春期里喜欢的东西，会变成她的全部。

对我来说，那就是你。

我坐在教室最后一排，总是眺望着窗外发呆，忽然觉得，啊有什么在吸引我，有什么在吸引我，扫描教室一圈，啊，我找到了，我找到了你。所以才提笔写了第一封信，等来的却是你那封差劲的回信。你说我恶心，诅咒我最好从天台掉下来摔死。看了信，我哭得好难过。没想到我满怀期待的鞋箱回信里，会写着这些。我跑进学校里没人去的光线阴暗的厕所，痛哭了好久。照镜子才知道，我眼睛哭肿到面目全非，所以回家路上一直低垂着头。幸好你马上坦率地道歉，我们和好了。

你看着我的手时，我紧张死了。小学六年级时，我外号叫鸡爪。当时我怕得不得了，万一你也说出鸡爪两个字，那可怎么办。但你根本没有嘲笑我，你自然而然地握住了我的手。那时我忽然说要去一下厕所，也是跑去大哭了一场。那之后，无论发生什么事，我都没再哭过。因为那时我已经把今生所有眼泪都哭完了。十三岁那年，你让我用光了一生的眼泪。

究竟为什么，那时我就已经明白，今后我再也不会遇到这么喜欢的人了。今后无论有什么样的邂逅，什么样的别离，无论我怎么长生，这种事，一生只有一次。我就是这么喜欢你。这种心情至今没有消减，没有增加，一如既往，不曾改变。所有的今后，所有的从前，都在这里面。这是我的初恋。

你知道后来发生了什么吗？我的初恋后来怎样了呢？我的初恋，变成了我的日常。比如，我走下陡直又漫长的台阶的时候。比如我必须把一张邮票不差分毫地贴正的时候。比如睡觉前，熄灭最后一盏灯的时候。日常里的这些时刻，我都感到玉垫君正拉着我的手。那天上巴士时，也感觉到了你的手。那是我的支撑。我的护身符。无论你在或不在，日常之中，我都喜欢着你。

玉埜广志

现在我和桂木正在东名高速公路的服务区里。今天不是周末，现在不是高峰时间，服务区里没什么人。

桂木说他不想下车，我一个人进了商店。打开钱包，里面只有一千三百日元。但我还是买了素炸竹荚鱼，还买了猪肉饼，其实是用糯米糕卷着的香肠。钱花光了，汽油所剩无几，估计我们出不了高速了。

真不好意思，你来接我好吗？我们正在海老名服务区。

三崎明希

好，我去。

5

玉埜广志

三崎，我现在正在拘留所里，周围是大葱农田和白菜地。是否要被起诉，似乎需要一点时间才有结论。我从拘留所小卖部里买了纸和笔。请原谅我笔迹凌乱，为了不让圆珠笔变成凶器，这里的圆珠笔只冒出一点点芯，非常难写。

首先，我要解释一下那天的事。那天我给你发完最后一封邮件，马上就收到了一封豆生田的邮件。在那种关键时刻发那种邮件，豆生田这家伙，归根结底不正常。

我看完豆生田的邮件，桂木走过来，问我在做什么，我说刚给三崎写了信。桂木说他想直接和你说话，我用手机拨通你的号码，递给桂木。他和你通话时，我一直在旁边，听见他多次呼唤你的名字，不知何时，他的眼睛里涌满了泪水。电话里传来你的声音，你在哼《雅克兄弟》。

桂木呜咽出声，引来周围诧异的目光。直到警车驶来，直到警察叫他的名字，他都一直在哭，像个孩子。而我，忘了警察已经走来，忘了我刚才一心想杀死这个男人后自己也要去死。我脑中一直在回旋着你哼唱的《雅克兄弟》，那就像一首摇篮曲。

可惜那时我也上了警车，没能等到你。

啊，对了，尽管无关紧要，给你看看豆生田在邮件里都写了什么。

"玉埜君，这是你的邮箱吧，你为什么不接电话？我不知道你在生什么气，我找你有事。今天早晨老婆向我亮了离婚协议，我不想离婚。你是律师嘛，一定要帮我！见信请速回。"

豆生田这家伙，以为我是律师，估计把我和别人弄混了。不对，或许我本人就存在于豆生田的谬误里，他的邮件让我难免这么想。无论如何，如果不是看了他的邮件，也许就不会读到你的回信。我对老豆同学，现在只有满心感谢。

三崎明希

我终于见到了豆生田先生。

没想到和你见面之前，会先见到他，没想到

他有一张媲美希腊雕刻的脸。我先向他转达了你的感谢，接着告诉他，你不是律师，而是在广告公司工作，现正在拘留所里。他听到后，一脸困惑地问，难道怪我吗？我说不怪他，他说那太好了。真是特别好玩的一个人。

拘留所不允许见面，你有什么需要的东西，请告诉我，我寄给你。

p.s. 新闻报道说，桂木很大可能会判无罪。

玉垫广志

如果可能的话，我想要一件东西。

本厚木中学图书室里那本关于犹太人大屠杀的厚书。三十二年间只有我和你借过的那本。书中最恐怖的一页里，夹着你给我的第一封信。如果那封信还在，我想再读一次。

三崎明希

玉垫君：

你突然在鞋柜里看到这封信，一定吓了一跳吧。

不会以为是情书吧。

以为是情书也没关系。

最近你有没有感到背后的视线？老实交代，我一直在看你。我坐在最后一排靠窗的位置。怎么说呢，我终于发现你了。你脸上的表情，总仿佛世界已经走到末日，仿佛这世上只有孤零零的你自己。我挺喜欢你这副表情的。最近，我总是想着明天的你入睡，想着今天的你醒来。如果可能的话，我想和你站在一起，成为你的力量。

我的鞋柜在男生鞋柜背面，右数第四列，上数第六格，位置有点低，请把回信放在那里。

三崎明希

玉埜广志

我是玉埜。你留言说请我回复，那我就回复。谢谢你，很高兴收到你的信。

卡拉什尼科夫不伦海峡

カラシニコフ不倫海峡

"我要说的，主要是这个世界的痛楚，和与痛楚数量相当的喜悦。那就让我从死去时开始说起，一路说回出生那一刻吧。"

1

田中史子

初次联系，我名叫穗野川穗野香。

我的兴趣爱好是上网收集变态图片。

虽然未曾谋面，乍然提议很羞耻，请问，能和你一起拍变态照片吗？

奉上微薄薪酬，一种变态行为一百万日元，意下如何？

顺带一提，我的三围分别是 94、59、98。

盼即赐复！

田中史子

恭喜当选！

这里是国家国土开发中央中心。

恭喜你成为击败了一亿人的幸运儿！我们将赠与你赏金三十亿日元，并另送一份大礼，请在鸟取县和岛根县中二选一，你将拥有所有权。

盼即赐复！

待田健一

我不管你是谁，你这是钓鱼垃圾邮件，这种东西也想骗人？

田中史子

待田健一先生，

谢谢你的回复。我是自由作者田中史子。想通过邮件申请采访你，具体采访内容如下：

一关于待田先生和尊夫人幸菜同居期间的关系

二幸菜女士申请当志愿者时你的心情

三幸菜女士在非洲失踪后你的心情

采访时间约需两小时。请挑选周一到周五的中午时间。

盼即赐复！

待田健一

田中史子女士，

我不接受这种采访。恕不奉陪。

田中史子

待田健一先生，

邮件打扰实在抱歉。

烦请再次考虑一下。

一关于待田先生和尊夫人幸菜同居期间的关系

二幸菜女士申请当志愿者时你的心情

三幸菜女士在非洲失踪后你的心情

另外，待田，不是代田，是等待的待，对吧？

盼即赐复！

待田健一

田中史子女士，

确实是等待的待。

我想把幸菜永远放在心底，不和别人分享。

田中史子

待田健一先生，

邮件打扰实在抱歉。烦请再次考虑一下。采访所需时间两小时，请挑选周一到周五的中午时间。

另外，关于尊夫人，我有非常重要的独家情报。

待田健一

田中史子女士，

你谁呀。

什么重要情报？

田中史子

待田健一先生，

如果你接受采访，我就告诉你。

待田健一

星期六怎么样？

田中史子

我已说过，周一到周五。下周一可以吗？

待田健一

我准备在周日自杀追随妻子而去，没有下周
一了。

田中史子

好吧。

待田健一

什么好吧?

田中史子

我已经说过,我只有平日有时间。看来我们无缘见面,"好吧我明白了"的"好吧"。

待田健一

周一如何?

田中史子

好吧。

我知道待田先生住在祐天寺,星期一,十四点,我们在涩谷圆山町的雄狮茶馆见。

待田健一

我确实住在祐天寺。但我讨厌涩谷。

自从去年东急东横线和副都心线连接到一起后，涩谷站就变成了那个鬼样子！如果你有亲戚参加了东急东横线涩谷车站建设，那劳烦你问问他，涩谷站是傻子设计的吗，建设理念是让人生变成一场毫无逻辑的徒劳吗？乘客被迫绕远，迷失方向，以前两分钟就能换车，现在要花十五分钟。涩谷之光[1]哪里有光，我看明明是涩谷黑洞。

我今天刚去那鬼地方买过莱姆橙[2]，别提多不顺心，现在累得要死。我恨死涩谷了，除了涩谷，其他地方哪里都行。

田中史子

待田先生，

对不起，刚才的邮件是乱码，无法阅读。

烦请再发一遍。

待田健一

发两遍就算了。简单说，我不喜欢人多的地

---

[1] Hikarie，东京涩谷车站旁的一座大楼。
[2] lime 的音译，酸橙，日语多称为ライム。

方。不要选涩谷站，离你最近的车站就可以。我现在累死了。

田中史子

待田先生，

这次邮件不是乱码，可以读。

我最近的车站是练马区小竹向原。从我这里，乘坐副都心线可以直达涩谷。自从东横线和副心线连通到一起，交通方便多了。如前所述，我将在十四点涩谷圆山町雄狮茶馆等你。茶馆随时有空位，敬请放心。

待田健一

我今天为买莱姆橙出了门。先去了祐天寺的东急便利店，卖光了。学艺大学的东急便利店和祐天寺的规模差不多，所以我干脆去了中目黑，也卖光了。我又去了涩谷，卖光了！

这种事以前也发生过。那天我在下班路上，接到妻子电话。我要做晚饭了噢。想做嫩煎鸡肉配莱姆沙司，但是缺最关键的莱姆噢。我就奔向涩谷买莱姆了，卖光了。空着手回到家，听见妻子这么对我说，人家想去非洲噢。想去非洲当排雷志愿者噢。

妻子乘上去非洲的飞机，从此一去不复返，至今下落不明。

最近，我开始相信幸菜已经死了。也许是我做好了去死的准备，才终于能接受妻子已死的事实。如果还有未了的不甘心，那就是那天没能买回莱姆。妻子准备做的鸡肉，至今还在冰箱冷冻室里。

我不想去涩谷。我要追随妻子而去。抱歉我先走了。

田中史子

待田先生，

请上网用图片搜索"墨西哥 毒品战争"。

待田健一

搜完了。搜它干什么？你到底什么目的！我现在很不舒服。

田中史子

此邮件稍长。

有一种音乐叫 Narcocorrido，贩毒民谣。Narco 指墨西哥贩毒组织，他们喜欢唱的歌叫 Narcocorrido，歌词大多和贩毒吸毒有关，墨西哥政府禁止在酒吧和餐厅里演奏这种音乐。

因为地理位置，墨西哥被周围各国当作毒品中转站利用。华雷斯集团、蒂华纳集团、洛斯哲塔斯、贝尔特兰·莱瓦等贩毒团伙间的火拼纷争逐年激化。我请你搜索了图片。首先，第一张是滚落道旁的人头。第二张是吊在树上的躯体。第三张是人的碎手碎脚。第四张是装在纸箱里寄给死者亲属的胳膊和断足。近年来，墨西哥逾四万人惨遭杀害。

今年一月十二日，在墨西哥西部米却肯州，当地治安巡逻和贩毒组织之间发生枪击战，阻断了物流。米却肯州是莱姆的一大产地，争端导致了世界性的莱姆匮乏。

我丈夫曾说，世界上其他地方发生的事情，完全有可能照样发生在日本。事实证明他是对的。

墨西哥的问题，影响了日本的餐桌。

待田先生，莱姆之所以卖光，原因在于墨西哥贩毒集团，并非东急东横线的涩谷车站。那么，星期一，我将在涩谷圆山町雄狮茶馆等你。

待田健一

好吧。那我先听听你说什么再去死好了。

但是看过刚才的图片，今夜怕是睡不着了。

田中史子

请在 YouTube 上搜索"刺猬 洗澡"。

待田健一

搜到了。真可爱。简直想养一只刺猬，给它洗澡。

好吧我能睡着了。星期一见。

田中史子

待田先生，

今天是我们约定好的星期一，本日十四点，

请多关照。

待田健一

田中女士，

我到雄狮茶馆了。请问你的座位是？我坐在右手最靠里，书架旁边，穿一件蓝色夹克，有些气喘吁吁。

待田健一

田中女士，

请问客人中哪一位是你？主动招呼我一下？我穿蓝色上衣，正在吃香草冰激凌。

待田健一

田中桑，我吃完香草冰了，正在等你。

待田健一

田中桑，还没到吗？

田中史子

待田先生，我已经回家了。

田中史子

待田先生，中午让你白等一场，实在抱歉。

我提前三十分钟到达时，发现一个名叫大山的周刊杂志记者坐在店里，所以我走出茶馆，转身回家了。如果我们两人见面被人目睹，恐怕会惹来麻烦。

待田健一

和周刊杂志记者有什么关系？为什么他在就会惹麻烦？你到底是谁，知道我妻子什么事？

田中史子

对不起，给你添麻烦了。我不会再联系你了，请忘掉我。

待田健一

我有一个老朋友，名叫豆生田，他不仅有个

怪姓，人也很怪，特技是米饭当饭，炒饭当菜。他还有个烦人的怪毛病，会突然冒出一句"啊对了"！仿佛刚刚想起了什么重要的事。如果问他怎么了？他会说没事没事。啊对了！我问你！问什么？啊没事没事。他老是这德行。麻烦你联想一下，你去星巴克买咖啡，店员迎上来，哎呀客官你想喝什么今天我们推荐……啊没事没事。你会不会马上想转身去 Doutor 家买咖啡？官房长官[1]召开政府记者招待会，发言说，哦今天两国首脑会谈的成果是……啊没事没事。他要是敢这么说，就等着内阁支持率跳水吧。

　　你的所作所为和这些是一回事。你是豆生田的亲戚吧？要不你是豆生田太太？

　　田中史子

　　待田先生，

　　我不是豆生田太太。

---

[1]　日本内阁官房长官相当于政府秘书长，经常需要代表政府出任发言人。

待田健一

田中女士，

我知道你不是。我想说的是，话不能只说半句，会招人烦的。敬请理解。

田中史子

一个即将自绝于世的人就算在星巴克只听到半句话，有必要那么烦躁吗，敬请我理解什么呀。

你知道吗，半句话是有理由的。涩谷宇田川町有东急 Hands 店[1]，你从三层上到四层，你走遍楼层，也找不到想买的东西，于是你开始生气。但你生错气了，东急 Hands 三层和四层之间，还有 3B 层和 3C 层。道理是一样的。一个人的半句话里，也有 3B 层和 3C 层。你没能察觉而已。只要你一直发现不了，那么出现在你面前的人就会把"啊对了，我问你……啊没事没事"这半句话永远地说下去。

---

[1] 日本连锁的大型生活日用品店。

待田健一

你这什么意思？是在说我和我妻子吗？

田中史子

待田先生，

我只是非常羡慕你而已。

待田健一

田中女士，

现在是星期五的晚上。

虽然不知道你究竟是谁，在这里，我把自己仅知道的一些事写下来留给你吧。你可以拿去媒体发表。这也是我的遗书，文章稍长，敬请耐心。

妻子那天对我说，人家想去非洲噢。想去非洲，参加排除地雷的活动噢。非洲，那时我脑中浮现的，是类似代代木公园里举行的泰国节那种活动。以为去非洲排雷是哪个公园里的活动。然后妻子详细解说给我听了。

几个月前，她为参加同学聚会，去表参道的美发沙龙做头发。涂好染发剂，要静等四十分钟，她顺手翻开美容院里的周刊杂志。她之所以挑了那本给中年男看的杂志，是因为封面人物是当时她正在追的电视连续剧的女主演。翻过封面，紧接着一篇文章——九岁少女不小心踩中地雷身亡。旁附照片，地面炸出大坑，少女背着的水罐裂成碎片，血痕漫染。染发剂沿着妻子的脖颈缓缓淌下，美容师为她轻轻拭去。结完账，美容师打招呼说，同学会请加油啊。她微笑着回了一句，同学会加什么油啊。刚走出美容院，就和一个背着书包的小姑娘擦身而过。一个画面从妻子脑中闪现，她马上回头，看见小姑娘正要从路面的下水道铁盖上踩过。那个写着东京都下水道字样的铁盖，刚才妻子下意识躲过了，没有去踩。啊！刚才我为什么躲开了呢！当她明白过来时，瞬间尖叫出声，蜷身蹲到了地上。

当然什么事都没有发生，只是，她没有去参加同学聚会，取而代之，她找了无数非洲对人型地雷的相关书籍来看。她对我说去上草裙舞课，实际上是去参加了 NGO 举办的排雷志愿者说明会。

妻子说，哎，健一，这个世界上有无数冤死噢，世界上哪个角落里发生的无辜之死，也是我们的心灵之死噢。

我以为她压力太大心情不好，想安慰她，就讲了一个当天刚从同事那里听来的笑话。你知道吗，阿杉和 P 子分属两间经纪公司[1]诶！

妻子一脸温柔平静，对不起，健一，是你不懂噢，但这不怪你，我知道你不懂，所以刚才一直在解释，对不起，我要走了。她的语气那么平和，就像为了不惊扰熟睡的人而轻轻关上了门。

两个月后的一个中午，我在食堂吃炖比目鱼时，接到外务省工作人员打来的电话。你的妻子，待田幸菜女士，在安哥拉共和国和刚果民主共和国的边境地带遭遇武装人员袭击，被少年战士所持的自动步枪击中，当地正为稀有金属开战，你的妻子不幸被卷入纷争，现在已经失联五十二小时。

就这样，一年过去了。鸡肉依然没有解冻，

---

[1] 一对孪生艺人，兄弟二人都是出柜同性恋者。阿杉是影评人，P 子是时尚观察员。

还躺在冰箱冷冻室里。我每天寻找着莱姆，翻来覆去思考妻子的话。是你不懂噢。对，我一点都想不明白。我不懂的事，大概都在东急 Hands 的3B 层和 3C 层里。

抱歉长文占用了你的时间。我去找幸菜了。

田中史子

待田先生，

我不是自由作者，骗你呢。真要说起来，我是"总是把别人寄托的东西不小心弄丢协会"的会长。当然了，我不认识媒体，没有发表渠道。你如果现在去死，遗书就白写了。

待田健一

你究竟知道什么?

田中史子

说反了，你什么都不知道。

待田健一

我不知道什么?

田中史子

尊夫人是被哪个少年战士打中的,少年战士拿着什么枪,你知道吗?

AK-47自动步枪,通称卡拉什尼科夫。苏联的米哈伊尔·卡拉什尼科夫在一九四七年设计开发的,诞生至今七十年过去了,依旧在流通使用,实在令人惊讶。想不出还有哪种产品能这样,冰箱也好,电话也罢,就连圆珠笔也随着时代在发生变化。但卡拉什尼科夫,今天依旧是卡拉什尼科夫。它是史上杀人最多的兵器,现在世界上约有一亿支。它简单、安全、结实耐用,价格平均三万日元。我在YouTube上搜索过,士兵为了好玩,塞给大猩猩一把卡拉什尼科夫,大猩猩举枪扫射得不亦乐乎。是的,这枪连猴子也能用。如此说来,这正是最适合给小孩用的枪,有了它,无数少男少女变成了威风战士。

待田健一

这些都是你的网搜成果吗?

失去妻子的我,变成了日本全国的关注焦点。舆论把我们说成一对和睦夫妻,就好像有谁真的看到了一样。我和妻子的关系,不是搜索一下就能明白的事。

我和她每年回她新潟老家过年。返回东京前,总会在同一家店里吃沙司猪排饭。米饭上铺着圆白菜丝和不太厚的里脊猪排,浇着甜酱汁。每次我们都吃得饱饱的,坐上回东京的新干线列车。今年的很好吃欸,明年的肯定也好吃呀。如此种种,是上个网就能搜索出来的吗?

你一辈子去搜索好了。不要再给我发邮件。

田中史子

我是一个家庭主妇。不是自由作者,不是网络变态照片收集女,更不是国家国土开发中央中心的工作人员。我从未工作过。

我丈夫名叫田中洋贵,他外面有很多女人。我没去过国外,田中经常给我讲世界各地见闻。

比如化妆品和洗发水是不能用的，因为都在用动物做实验。比如世界上用手抓食的人，数量上远超用筷子和勺子的人。我们第一次约会吃通心粉，是用手抓着吃的。每次听他说，你啊什么都不懂，我总是心里美滋滋的。遇到不懂的事，我就在家里等他回来。无论等多久，三天还是四天。

他在一家地毯贸易公司工作，后来自立门户，公司一直亏本，我就去便当店打工补贴家用。他开始埋怨我身上油烟味很臭。当然不能用香水，因为涉及动物虐待，我就用香皂仔仔细细地清洗身体。他再也不碰我了。我想那是因为外面有女人，没办法，不碰就不碰吧。

他在摩洛哥失踪了。当时我甚至不知道他出国了。接到公司电话的时候，为了不露馅，我百般掩饰了一番，不能让外人知道他已经很久没回过家，不能让外人知道我的油烟味。为了找他，我得提交他的照片，我交了一张两人微笑依偎着的多年旧照。他的女人们的电话号码我有记录，一一打电话过去了，听到她们全部都在日本时，我长出了一口气。我去便利店买了洗发水，没脱衣服就开始洗头发，用光了一整瓶。这都是大约一年前的事。

因为他不回来，所以我学会了上网搜索。墨西哥发生毒贩枪战时，莱姆就会从东急百货消失。安哥拉地雷爆炸时，我用洗发水洗头发。

以上长文只是铺垫，下面才是正题。

待田先生，你妻子还活着。正在非洲和我丈夫同居。

盼即赐复。

待田健一
田中女士，

明天我将在涩谷圆山町雄狮茶馆等你，我们见面吧。

田中史子
待田先生，

我正要说同样的话。

不要去雄狮茶馆，我们直接去酒店开房好了。

待田健一

酒店？

田中史子

我丈夫和你妻子在日本的时候，他们幽会的

酒店就在圆山町。

待田健一

好吧。

请问是哪家？

田中史子

圣堂酒店。请开 301 号房。

2

待田健一

田中桑，早晨好。

昨天谢谢你赴约。田中桑的样子和我想象的不一样，有点出乎意料。

关于昨天你给我看的照片，我想问，你知道Photoshop吗？用PS软件轻而易举就能伪造照片。估计你的照片绝对是PS的。我想仔细研究一下，麻烦把照片传给我。

田中史子

待田桑，早晨好。

昨晚我没赶上末班电车，只好去了保龄球馆，看别人打了一夜保龄球。

待田桑想象中的我，原本什么样？

待田健一

对不起，我以为你是不好接近的、态度强势的人。

请把你昨天出示的照片传给我。

田中史子

不好接近，态度强势，写诗的不良少年那

种的？

待田健一

也不是，我就是觉得你很麻烦。抱歉，其实

我也一样。

你知道怎么传照片吗？

田中史子

一个很麻烦的人？就像明明每周都去各地追

星但在朋友面前还要假装兴趣爱好是摄影的那种

人吗？

你的样子和我预想的差不多。如果说有意外，

是没想到你会穿条纹衫。

待田健一

条纹衫？不可以吗？

请传照片。

田中史子

你想啊，如果我也穿了条纹衫，那得多尴尬。待田先生，你赴约的时候，难道没考虑过对方有可能也穿了条纹衫吗？你想过吗？如果你和朋友约好去喝酒，到了地方一看，全员条纹衫。

还有，那天你没有进酒店，更改了见面地点。是不是还没做好心理准备？

估计你的照片绝对也是 PS 的，你说。估计绝对是什么意思？究竟是估计？还是绝对？

待田健一

田中桑，晚上好，我刚下班回家。

那天我确实去了酒店。我爬上道玄坂大坡，穿过百轩店拱门，走过喜乐拉面，沿着两边布满了风俗店招牌的斜坡前进，在稻荷神社处左转，第一个路口右拐，下一个坡，走到那座白色瓷砖墙面，淡粉红底黑字招牌的酒店。圣堂酒店，Hotel Cathedral，我确确实实去了。但是，鉴于你我二人都有配偶，受婚姻伦理制约，所以我在外面等了你。顺便说，你有可能在下套骗我，我必须小心。当然现在我们已经见过面，嫌疑已经消失。再说，你也有上当受骗的危险。

请把照片传给我。我妻子和你丈夫在一起的照片。两张都要。

田中史子

传了。

第一张，去年拍摄于圣堂酒店 301 号房间。

第二张，今年拍摄于非洲某地。

待田健一

田中女士，抱歉回复得不及时。

我请专家查看了你的照片。两张，都没有数码修改的痕迹。

老实说，现在我很困惑，我妻子和你丈夫，真的正在非洲同居吗？

田中史子

是的，绝对没错。

待田健一

他们在日本的时候，就在那家酒店幽会？

田中史子

是的，绝对没错。

待田健一

就是说，他们有肉体关系？

田中史子

是的，绝对没错。

待田健一

你有没有想过，他们有可能是被逼无奈，才
拍了那种照片？

田中史子

如有疑问，请一次性全部问完。

我的丈夫，和你的妻子，有性关系。他们经常在圣堂酒店 301 号房间见面。淋浴，上床，肌体相交，紧紧搂抱。我的丈夫在你妻子身上射精了无数无数次。

待田健一

你跟我说这些干什么？

田中史子

我想问你。

你和你妻子的最后一次，是什么时候？有没有感觉到和往常不同？她有没有拒绝你？她喜欢的体位有没有变化？

待田健一

这些问题令我不快。

田中史子

同感。

但是，你的床上人，上了我丈夫的床。我的
性交对象，也是你妻子的性交对象。为了解他们，
我们必须交换情报。

待田健一

我今天很累，想睡觉了。晚安。

田中史子

我知道了。

待田健一

你知道什么了？

我觉得你有妄想的倾向，一定是被谁骗了。

你沉溺妄想，所以轻易相信负面消息，你是
愚呢，还是傻？

田中史子

待田桑，

前一段我在邮件里，故意把你的名字写成了侍田。你注意到了吗？

待田健一

激怒我对你有什么好处？

我已经一肚子火了。

大概看了一下，没看到侍字。

照片是假的。鬼才信。

田中史子

我始终认为照片是真的，我确信丈夫和别的女人一起跑了，所以这一年来，一直在做各种搜索。

我见了丈夫的朋友们，趁他们上厕所的时候，偷看了他们的手机。

我见了他曾经的女人们，一起吃了午餐，偷看了她们的手机。

到了晚上，我上网一心搜索。推特，脸书，所有大号小号，拼命从里面找线索。

我参加了排雷志愿者说明会。现存地雷的数

量，有七千万个，全部排除需要一千年时间。我一边听着这些，一边偷看别人手机。

丈夫的工作电脑被卖到二手店，我买回来，请专家恢复了数据，自从找到他的电子邮箱密码，搜索工作突飞猛进。

我找遍圆山町每一家酒店，确定了具体房间。我打开了你返身未进的301号房，里面约有三十平米，看上去像异域风情的原木调墙壁，实际都是廉价贴纸。房间里没有窗户，桌上有烟灰缸和打火机。大床枕边是灯控板，有为客人准备的纸巾和安全套。浴室照明方式三档可选，浴缸有按摩功能。我躺进他们曾进过的浴缸，在那里过了一夜。我大声骂出来，畜生！畜生！畜生！

给你看的照片，是我一年来的工作成果，那是在你一无所知地等待妻子回家，为了什么莱姆而毫无意义地纠结的时候，我偷看别人的手机，欺骗善良的人，走遍情人酒店街，终于弄到手的两张照片。

待田健一

田中史子女士，好久不见。

昨晚，我一直看表，等待七点，然后给朋友打了电话。就是我以前说过的豆生田。以前上学的时候，每到周日傍晚他就开始坐立不安，一定要在六点半前到家。豆生田相信海螺小姐[1]的发型是故事的伏笔，相信伏笔一定会被用到，所以每集必看，从不落下。豆生田就是这样，像缺根筋，但我还是很想听听他的意见。

告诉你一件事，我妻子可能还活着，可能正在出轨。你猜他说什么？他说不是和我哦！他真是个宝，永远不会让人失望。你猜他接着又说了什么？他说，她当然会出轨了！你是待田对吧？你好像知道我，但我不知道你哦。因为你把别人挡在了外面，那人家当然会出轨，你自找的。和你这种男人结婚，就像惩罚游戏，怎么可能不出轨？会出的！就像固定鱼网打渔一样，一个接一个，鱼贯而出！

---

[1] 海螺小姐，富士电视台周日六点半档的动画片，1969年10月开播，一直延续至今，是世界上档期最长的电视动画片。

妻子在出发前，曾这么对我说，哎，健一，为什么你从来没有怀疑过自己工作的意义。

我是区政府土木科的工作人员，负责公园管理。公园管理一般来说，就是年末时关闭公园，施工两三个月，都是为了确保下一年的预算，施工前后风景基本上没什么变化。毕竟是调整预算用的施工，没必要动真格的。我对工作没有疑问吗？我有。和我结婚是惩罚游戏？可能是吧。

田中桑，对不起。我以前就知道，那两张照片是真的。我没有怀疑你。这一年来辛苦你了。你一直面对的现实，现在也已摆到我面前。我们都被抛弃了。问题的关键是，接下来要怎么办。

田中史子

待田健一先生，

谢谢回复。

现在我正在公园吃便当。自从开始一个人生活，变化最大的地方就是，晚饭会变成第二天的早餐和午饭。前夜剩饭就是次日早餐。如果还有剩余，就装进便当里，当作午饭。今天的便当是关东煮。关东煮里，我最喜欢汤汁。汤汁淌过便当盒里的隔板，渗到米饭里，滋味特别好。

刚才我收到你的邮件，暂时放下了筷子，满心期待地打开了邮件。也许你会惊讶，其实，这段时间我一直在期待你的邮件。

豆生田先生真有意思呀。看完邮件，我回想了这一年。我歪斜着眼利用一切机会偷看别人手机的一年。虽然我找到了一个答案，但最终剩下的，是妒火中烧的自己，卑贱而褴褛。

你说得对。接下来我们要怎么办。是的，我正是想问这个问题，所以才给你发了最初的联系邮件。我想和另一个被抛弃的人商讨对策。

待田健一

现在刚到家。

说实话，我也一直很期待接到你的邮件。

汤汁泡过的米饭啊，听起来很好吃。我刚吃过晚饭，现在又饿了。

田中桑，我们再见一次面吧。这次我们不谈那两个人的事。我们再烦恼也没用，不会马上找到答案，我们都需要一些时间。也许应该和朋友去看场电影，轻松地聊聊感想，这才是我们最需要的。

你觉得呢？

田中史子

电影？听上去很不错，我好久没去电影院了。只是我们都是有配偶的人，一起去看，这合适吗？

待田健一

你说的对哦。田中桑是人妻，我是人夫，确实不太合适。

你看这样好不好，我们分头去。同一天，在不同的地方，看同一部电影。晚上我们用邮件交流感想。

你觉得《冰雪奇缘》怎么样？

田中史子

好啊。就去看电影吧。

冰雪奇缘，我记住了。我们分头，一起看。

待田健一

我到家了，电影真好看。刚下载了配乐，一直在听。

田中史子

真的很好看，我也在一边写邮件一边听配乐。刚才还跟着跳了一会儿舞。

待田健一

多好啊，下周我们也这样约吧。

田中史子

下周我想去动物园。

待田健一

哈哈，那我去横滨动物园。

田中史子

我去上野动物园。

待田健一

这是我长大后第一次去动物园。

说到下一次，池袋的百货商店要举办电车便当节，我们错开时间去吧。

田中史子

松叶蟹便当很美味！但最好吃的，还要数金海胆便当。

待田桑，下次我们去哪里？

待田健一

落合博满[1] 棒球纪念馆怎么样？据说在休赛季里，落合选手全家有时会住在那里。门票两千日元。

田中史子

好啊，那就去。

---

[1] 日本著名棒球运动员。

待田健一

对不起，我刚才在开玩笑。落合博满棒球纪念馆在和歌山县呢。

下次我们去看展吧。

田中史子

全球挖耳勺展，很有意思。

待田健一

嗯，我觉得有点平淡，毕竟只是玻璃柜里摆一排挖耳勺。

接下来，我们去横滨港未来 [1] 好不好？

田中史子

港未来？去坐摩天轮吗？

待田健一

一个人坐摩天轮会不会很奇怪？

---

[1] 横滨中心的一个充满前卫设计的新型街区，集商务、娱乐、观光多种功能。

田中史子

努力一下嘛。

待田健一

我努力了。虽然管理人员有点惊讶。一个人坐摩天轮，我成功过关了。

田中史子

我好像在摩天轮上看见你了。哎？那个穿着奇天烈大百科 [1] 可罗 T 恤的人，好像待田桑呀。

待田健一

那肯定不是我。我不会穿可罗 T 恤。

田中史子

我追上去了呢，但中途追丢了。

---

[1] 日本漫画家藤子·F.不二雄创作的漫画。

待田健一

给我个邮件就好了嘛。

田中史子

邮件好像有违我们的规则。

待田健一

说的也是，确实违规。

下次去哪里？

田中史子

坐电车，山手线周游一圈好不好？你走顺时针，我走逆时针，或许，我们能在上野附近擦一下肩。

待田健一

现在深夜一点。对不起，晚饭时喝了一口啤酒，就那么在沙发上睡着了。

一把年纪了，居然做噩梦。我梦见被树人怪包围。树人怪的手足都是树枝。我现在心还在怦怦跳。

田中史子

待田桑，

同情你的噩梦，但你在这个时间讲给我，我也会做树人怪噩梦的。再详细说说？

待田健一

可以打电话吗？梦很长的。

田中史子

还是邮件吧。

待田健一

对不起。

田中史子

不怪你呀。

待田健一

我心情不好，想起很多事。不知为什么，我现在直接躺在地板上，一边给你发邮件，一边来回滚来滚去。

田中史子

没关系，我的原厂设定也是无精打采。你知道吗，我也正在地板上滚米滚去。

待田健一

没想到你也是这种设定，地板上滚来滚去。

田中史子

虽然我也觉得不太好。地板上滚来滚去。

待田健一

心情不好不要勉强，就随它去吧。毕竟人生没有竹内玛利亚想的那么美好。

田中史子

竹内玛利亚是谁？

待田健一

一位歌手，山下达郎[1] 的太太。具体我也不太知道，妻子在卡拉 OK 里经常唱她的歌。

田中史子

山下达郎，我丈夫常听他。原来他们是夫妇啊。

待田健一

他们结婚多年了，可能从来不出轨吧。

田中史子

待田桑出过轨吗？

哎，我刚看到时间，都两点了呀！虽然我明天休息。

---

[1]　山下达郎，从 70 年代一直活跃至今的日本乐坛著名音乐人。其妻竹内玛利亚是日本著名的流行音乐创作歌手。

待田健一

我也休息。我没想过要出轨，那不是我的特长。

倒是你，田中桑，丈夫一直外遇，你没想过要报复他吗？

田中史子

没有，因为我一直爱着他。

当然现在也是。

待田健一

是这样啊。

田中史子

我去睡了。

待田健一

你丈夫很棒吗？

田中史子

你指什么？

待田健一

床上。

田中史子

已经两点多了，晚安。

待田健一

　　被我单方面当成好友的豆生田曾说过，人心最难控制的，是嫉妒和骄傲。但如果人没有这两点，就什么也做不了。这是我们赖以为生的食粮。

　　你丈夫田中洋贵是什么样的人，我很想知道。你对幸菜的事没有兴趣吗？

田中史子

你太太很棒吗？

待田健一

很棒。

田中史子

我丈夫也是。

待田健一

他的兴趣爱好是什么?

田中史子

读书。他经常去御茶水的丸善书店买外文原版书。

她的兴趣爱好是什么?

待田健一

她练习瑜伽。

他擅长什么?

田中史子

插缝停车。

她呢?

待田健一

她写一手好字。

他不擅长什么?

田中史子

做完事情不会收拾。

她呢?

待田健一

她有猫舌,怕烫。

他喜欢什么颜色?

田中史子

红色。

她呢?

待田健一

水蓝。

他喜欢吃什么？

田中史子

豆苗。

她呢？

待田健一

也是豆苗。

我一直不明白，我和幸菜初见的时候，是认认真真打过招呼的。你好，初次见面。但为什么，我们别离的时候却一句话都没有呢。我想和你谈谈噢，你的这里和那里我都讨厌噢，写好离婚申请书，盖上印章，去区政府，一路走好，再见。为什么连这么简单的招呼都没打呢？

田中史子

如果她让你盖印章，你会盖吗？

待田健一

我想我会。

田中史子

是不是觉得早晚都要盖，那就早盖早省事？

待田健一

省事？

确实，比起分手，省事这两个字，可能更符合我和妻子的现状。

田中史子

对不起。

说心里话，无论我去哪里，即使是现在，我在写邮件，心里也一直想着他的事。我的心情并没有轻松起来。

待田健一

我也一样。她一直在我心上。

所有事情就像昨天刚刚发生，就像昨天我还抱过她。就像昨天她才离开我。

田中史子

我们的婚事定下来后，周围的人聚会为我们庆祝。我总是那样，明明大家都兴高采烈地谈着有意思的事，而我，却总是在一边默默照看火锅，撇去浮沫，向店员点餐。那天也一样，他们看着我，都说，那个个性非凡的男人为什么喜欢上了你？

我丈夫有一次问我，为什么我从不考虑事情，为什么我从不主动求知。他说，蒙昧只会成为睿智的奴隶。

我听说，有的国家为排除地雷，会放兔子。让蹦跳奔跑的兔子代替人类去踩雷。我觉得这真好，我想和兔子一样，跑啊，跳啊，踩中，炸了，然后成为人们的口水话题。

待田健一

那天我听到幸菜遭到枪击，心里只有一个想法，要活下去啊。无论怎样，活着就好。我一直在这么祈愿，现在愿望成真了。我知道心愿很难成真，这简直就像奇迹，我本应该高兴。但是眼下，我却在介意她出轨，介意对方男的床上功夫好不好。

得知妻子还活着，我却无法高兴，是因为我惭愧。曾是家庭主妇的妻子在为社会做贡献，找到了志同道合的伴侣，让我惭愧。为调整预算而做的徒劳施工，让我惭愧。不伦真差劲，出轨太渣滓，我只能重复这些老生常谈，虚弱无力，让我惭愧。再也不能和幸菜上床了吗？我发现这才是我的心声，更是羞惭万分。

田中史子

睡吧。

待田健一

田中桑，你好。

今天真是手忙脚乱，明明是周一，却把周二才能扔的垃圾拿出去了 [1]。

我正在施工现场确认滑梯的安全性。一群大人，在滑儿童滑梯。

---

[1] 日本有严格的垃圾分类制度，居民需按不同类型的垃圾收集日来丢弃垃圾。

田中史子

待田桑，早晨好。

我今天很忙，便当店开始了夏天时蔬的新菜单。

刚才趁店里最忙的时候，我偷偷跑出去，有生以来第一次进了弹子房。

待田健一

田中桑你好。

奇迹巧合！我今天也没打招呼就早退了。

回家坐电车时，我故意站在扶梯右侧挡了道，还故意插了队。

田中史子

待田桑你好。

刚才电台播了竹内玛利亚的歌，我暗自祝福她早日离婚。

待田健一

田中桑你好。

骨科医院今天本来定休，我说肩膀疼得实在受不了，让他们特别为我开工，约好了时间，但是我没去。我去看了电影，电影开始之前，我大声向周围剧透了谁是凶手。对了，上司批评我擅自旷工，我交了辞呈。

田中史子

太巧了！今天我也辞了便当店。店后面有一片我平时浇水培育的花坛，今天我全踩倒了。

待田健一

田中桑。

我刚回来，疲惫不堪，我去睡了。

田中史子

我也很累。晚安。

待田健一

睡着了吗？

田中史子

没有。

待田健一

要不然，我们上床吧。

田中史子

好的。

自从有了副都心线，从小竹向原去涩谷简单

多了。

待田健一

明天，我在圣堂酒店 301 号房等你。

待田健一

地如其名，圆山是个小山丘，在江户时代，

曾是大山街道驿站所在地，后来逐渐兴盛，形成

了街衢。明治十八年 [1]，涩谷车站开业，当时如

---

[1] 公元 1886 年。

果去世田谷，就要在涩谷乘车。明治二十年，这里有了第一家艺妓小屋，圆山町发展成了花街。明治四十年，连接道玄坂和三轩茶屋的玉川电车开通了。雄狮茶馆创建于昭和元年[1]，此时，圆山町里酒吧餐馆鳞次栉比，有了涩谷电影院。圆山町、涩谷、道玄坂、百轩店，连接起漫长迤逦的繁华街市。一九六七年，这片街市开始巨变，东急电铁的第二代当家五岛升，着手建起东急百货本店。五岛重新规划了位于低谷的涩谷，改变了人流路线。紧接着一九六八年，原本人流闲散的宇田川町建起西武百货店，把繁华热闹引到宇田川町，涩谷从此卷入东急和西武的开发竞争，与此同时，圆山町由盛转衰。一九七三年，涩谷Parco[2]开业，区域重心一口气转移到了中央街和公园通。料亭和艺妓小屋从圆山町消失，同时也诞生了新救星，就这样，风俗店和情人酒店，形成了现在的圆山町。

---

[1] 公元 1926 年。

[2] 涩谷 Parco 原本只是西武集团旗下以年轻人为目标的商场，Parco 在意大利语中意为公园。后来其逐渐发展成为东京消费文化中心，缔造了今天我们所知道的"涩谷文化"和"Shopping Mall"的概念。

田中史子

田中洋贵先生，

还记得我吗，我曾是你的妻子。虽然不知道你的地址，但我必须写下这封信。

今天，我和其他男人去了情侣酒店。圆山町的圣堂酒店。

我先到的，五分钟后电话响了，店员告诉我同伴已进店。他走进房间，低垂着眼帘，向我点头问好。我也点点头。我们没进浴室，直接脱了衣服，一件接着一件。就好像对方是谁都无所谓，也不想知道对方是谁。

待田健一

待田幸菜女士，

今天，我和别的女人上床了。脱掉最后一件内衣，她的裸体非常美丽。也许因为紧张，我满身大汗。她也一样。对不起我出了好多汗，啊没关系的我也一样。我们就这么躺到床上。始终找不到空调遥控器，房间里虽然很热，我们裸身相贴时，她浑身一片沁凉。

田中史子

身体贴到一起时，我茫然看了一会儿天花板。忽然开始困倦，几乎睁不开眼睛。啊没关系的睡吧，他说。那我睡着的时候你可以摸我。嗯我没事你不用在意。他好像也很困，我们就那么熟睡过去，直到被前台电话惊醒。除了裸身相贴，再没做其他事情。

临走前，他去洗手间，用踏脚巾擦了脸。你等一下，那好像是踏脚……话没说完，我们都大笑起来。

待田健一

在酒店前台返还钥匙的时候，从磨砂玻璃的对面递出来一张积分卡。出了酒店，走上坡道，我们漫步在圆山町，时正黄昏，行人无数，彼此擦肩而过。我和她都高扬着脸，一路上毫无遮掩。

有时间再来吧。好呀反正有卡，可以攒积分。

积分能换什么呢？十个积分换一张免费券吧。

十个积分啊，没想到性的量词是个，一个两个三个。她捂嘴笑出了声。

田中史子

田中洋贵先生，

今天又去了昨天的圣堂酒店。待田买来西瓜，故意把瓜扔到地上，让瓜裂开，一口咬下去，汁液横流，手指上，衣服上，到处都是，黏糊糊的，我们互相舔了手指。

今天我让他帮我脱掉内衣，我也帮他褪下最后一件衣服。一起躺下，他伸手搂住我的腰。我不由得哆嗦了一下，他马上缩回手。我迎向他，示意再来啊没关系。会被夺走吗，我想，我在主动请他拿去啊。

我想起你，心中慢慢涌起罪恶感，这正是我一直想要的。我想，再多给我一点，我把身体全部交给了他。感受着他的滚烫，他的呼吸，我浑身颤抖起来。啊再多给我一点。我也伸手抚摸他，抚遍他的身体，感受他的爱抚。互相渴望着，我碎裂成千片万片，又拼回原状，再一次碎掉，再一次拼回。我盼望他再多给我一点啊，就这样，我被渐渐夺走。

待田健一

待田幸菜女士，

我和她一起在前台拿了钥匙。我想，当时有四个人在场。我和她，我妻子和她丈夫，四个人。

我抚摸着她，同时无数次扭头看了沙发，你们坐在沙发上，正注视着我们。你们在非洲排雷的时候，我们正在圆山町干这个，那就好好看吧。我抚摸着她，她回馈着我。我们互相渴望着，用嘴唇用舌尖抚遍全身。

今天我依旧没有进入她。就和摩天轮时一样，觉得做到底就违反了规则。你们正在一旁看着，光想到你们的视线，就让我冲到顶，射到了床单上。

她用枕边纸巾为我擦拭。我正要穿衣时，她过来帮我穿好内衣，为我套上袜子。

田中史子

他帮我穿好衣服，一粒一粒，为我系好所有纽扣。

自从你离开，随时可以去死的念头成了我唯

一的希望。但我没有去死，我用和他睡觉代替了。把手伸进他双腿之间时我想，我随时可以接受入侵。现在这是我的自由，我的希望。

待田健一

我和她慢慢攒起了积分。期待着积满十分换来免费券，也许在那天，我们可以做到底。

田中史子

早晨好，福冈怎么样？

待田健一

早安！这边是好天气。

昨天和这边后援会的人一起吃了水炊锅。

现正在酒店吃早饭，接下来要去会场。

演讲会下午开始，主题是"妻子留下的志愿者梦和理想"。

演讲酬劳六十万日元。

今年的演讲日程已经排满，经纪公司的人听我这么说，叮嘱我一定要做好防税措施。

田中史子

今天第一天上班。

昨天花两小时选的套装，穿上还是不对劲，看上去像戏装。

职员派遣公司的人告诉我，进公司前三天要看部门同事的眼色，把握人际关系。这么高难度的事，我能做好吗？

因为过度紧张，刚才吃了三碗米饭。

我肯定会紧张到咬头发。

待田健一

先检查一下套装上有没粘米饭粒。只要没粘饭粒，套装就没问题。

咬头发也没关系，或许有人就喜欢这一点呢。

田中史子

套装，头发，好的，我知道了。

如果屁股卡在公司马桶上拔不出来怎么办？

待田健一

公司马桶设计很安全，没有卡屁股的隐患。

你现在在电车上吧？

田中史子

还在家。

待田健一

先走出家门，往公司方向前进吧。

田中史子

好，我上班去了。

待田健一

刚才出版社来人，说《致幸菜——将生命奉献给理想的爱妻》又增印了。销量已超三十万册。

其他出版社也来邀请我写续编。

你有时间写吗？

田中史子

第一天上班结束。

你知道吗，我可能很适合在公司上班！虽然很忙，但很开心。同事都很和蔼。最新式的复印机，哇好厉害！不知道的还以为是 NASA 的复杂仪器。

我的人生初次职员生活开头十分顺利。

《致幸菜——将生命奉献给理想的爱妻》的续编，和第三本，我当然会写。

实话实说，我已经有构思了。现在这一本是你的视角，讲了你太太的志愿者梦想，和你的丧失感。第二本，就用你太太的视角，主线是她留给你的日记，就用两人对话的形式来写。

要更强调夫妇感情，一定会畅销。

待田健一

嗯，确实是个好主意。但她没留下日记。

田中史子

当然是我来写啊。我能写得很好。

今晚就开工，先写个大纲。

待田健一

正在新干线车上。

演讲很受好评。今天讲到一半时我哭了，因为我发现了什么时候哭最能打动人心。我只要回想起从前在医院里握紧奶奶的枯手，眼泪就自动哗哗哗。会场里四处传来抽泣声，可以说，今天的演讲是至今最成功的一次。

书正畅销，能拿到版税，你即使不去公司上班也没关系的。

田中史子

今天累坏了吧。祝贺演讲成功。

关于第二本书，我想好好采访你一下。

我还有一个主意，可以出一张音乐CD，就叫爱妻喜欢的古典音乐，我们一起来选些动人曲目好了。

去公司上班真的很有意思，这是我一直憧憬的职业。身穿套装，坐通勤电车，打出勤卡，复印文件，发复印机纸又堵了的牢骚，等等。不顺利的时候，也许同事只会安慰一句今天辛苦了，但我能把这一句扩充成——你真能干，部门多亏有你，你的努力我们都看见了，你做得很好，要挺胸抬头啊。听到这一句时我可能会微微点下头，实际上我心里会像手拿麦克风的电器店推销员一样拼命高喊谢谢大家谢谢大家谢谢大家。

待田健一

到品川车站了。三十分钟后到涩谷。

田中史子

今天谢谢你。博多通馒头很美味，这种东西显然不小心就会吃多，撑到下午难受。

你讲的幸菜的故事真有意思。接下来，下周末讲什么主题？我们来讨论一下演讲稿吧。

待田健一

我刚到家。

幸菜的事如果还有不够的地方，随时问我。

虽然我们是喝酒时认识的，不过，其他巧遇方式可能更吸引读者。

田中史子

第一章写好了。不过你和幸菜第一次牵手的情景，细节方面还需琢磨。

我下了。睡一小会儿就去上班。

待田健一

开头部分真是让人心头小鹿乱撞。我有一个想法，牵手的场面，写成幸菜主动会不会好一些?读者们都喜欢态度积极有行动力的幸菜。

田中史子

累死我了。但成果不错，这篇我写得很好呢。最后一章幸菜下定决心的场面，我都写哭了，忍着眼泪下笔如飞。

泡个澡后就去上班。NASA复印机昨天出了故障，今天将是决战的一天。

待田健一

书刚一上市就决定增印了。爱的古典音乐集也上了排行榜。

昨天和NGO的工作人员一起吃饭，据他们说，最近志愿者猛增。影响力威武。

田中史子

给你稿子，连载的第一章。

昨天坐电车，在车中广告上看到了你的脸。

待田健一

连载大受好评。书的累计销量超过了一百万册。

最近连着上电视做节目，很累。好久没见到你了。

田中史子

刚才看到超级便宜的大白萝卜，忍不住买了三根。现在一边吃白萝卜关东煮一边看电视，里面有你哦。

对你我来说，现在是最紧要的时刻，做我们

各自该做的事情就好。

待田健一

版税的钱你没有用？你不会有罪恶感吧。我们有现在的成绩，都归功于你最初劝我出书。如果你觉得这成了你的负担，那我们就收手。

田中史子

工资足够我用了。

我写的幸菜的书感动了很多人。你的假哭带动很多人抽泣，还有比这更痛快的事吗？！我们两个赢了！邪恶的国王和女王，登上了胜利的王座！

待田健一

下周见一面吧。

好久没积分了，积分卡上还是以前攒的九个。

周三或者周四傍晚？

田中史子

抱歉，平时我要上班。

待田健一

下下周星期五晚上呢？

田中史子

好的。到时候老地方见。

待田健一

稿子收到了。很期待今晚的见面呀。下午两点我在赤坂有演讲，傍晚要接受采访，结束后就去酒店。

另外，见面后我想和你说件事，先在邮件里说一声。

刚在我进会场时，门口有个陌生男子打招呼，他自称泷口，说是你的亲戚，知道我们的关系。

你知道这个泷口是谁吗？

田中史子

知道。

如果他提钱，回绝他。

待田健一

还没下班？

对不起，已经把钱借给他了。他看上去走投无

路。再说，他知道我们的关系。为了以防万一。

没多少钱，再演讲一次就能挣回来。

晚上见。

田中史子

对不起。

我想说，我不会和你再见面了。

钱会还给你的。

实在对不起。

待田健一

刚给你打过电话，你不接，只好给你邮件。

房间我开好了。等你米。

待田健一

现在晚上十点。

出了什么事？如果今天不行，那我们换一天。请联系我。

待田健一

等你不来，我先回家了。

有时间请给我电话。

我放心不下。

待田健一

刚接到泷口的电话。为了控制事态，为了今后着想，我决定去见他。

不用担心。

田中史子

对不起，千万不要去见那个人。

我再打个电话。

田中史子

待田先生，泷口不是我的亲戚，他是我丈夫，田中洋贵。

我再打个电话试试。实在对不起。

待田健一

抱歉刚才没接你的电话。

田中洋贵先生刚才来了我家，现在刚走。不巧家里的茶正好喝完了，没能款待他。

他待了大概十分钟，给我看了一个手机小视频。

画面很晃，能看出尘埃飞舞，卡车被迫停在路上，五六个男子持枪封锁了路面，枪口对准着道路。是AK-47，卡拉什尼科夫。听不出是哪国语言，只听见争执怒骂。看似被袭击的一方正在上卡车。持枪男子高声喊叫着，也爬上卡车车厢，开始搬卸红十字标志的货物。整个场景就像电影里的一幕，但是，我听到画外传来一个熟悉的女声，那是久违了的幸菜的声音。走入画面的幸菜晒得微黑，留着我从未见过的辫子。我刚要感慨她瘦了，就看见一个少年战士用卡拉什尼科夫对准她，嗒嗒，嗒嗒，枪声响起两次。幸菜倒在地上，撞起一片尘埃。持枪少年再次出现在画面上，他刚杀过人，却一脸平静，仿佛从未扣动过扳机。视频就这么结束了。

我正要说还想再看一遍，却被田中占了先机。待田先生，这个，幸好子弹只是击穿了幸菜的腹侧，而附近有个好医生。幸菜在临时帐篷里醒来，说不想回家，想和洋贵一起留下来。地雷这种东西嘛，反正到处都有，日本也一样，也埋着地雷。你看最近不是有便利店临时工在店里的冷冻柜里恶作剧，还拍照片炫耀，被网友人肉出来骂到半死吗？这个临时工，就踩了雷。世界上发生的事，同样也会发生在日本。待田先生，你的问题，可没冷冻柜恶作剧那么简单，一个靠写爱妻出书感动全国的人，却在和别人的妻子出轨。你明白吗？你已经站在地雷上了，你一定明白。

就这样，我把信用卡给了他，还有密码。他把信用卡放进口袋，离开时搁下一句话，别灰心，这个世界就算分成一百份，你依旧在最幸福的那一份里。

田中史子

一小时后我会再联系。

待田健一

好，我等着。

田中史子

现在是早晨六点。抱歉回复得晚了。

我请求你，读完邮件后请马上删除。不光这封，请全部都删除。我们说得太多了。再多的话，删起来也只是一瞬间。求你了。

我丈夫是前天早晨回来的。我刚写完连载文章，正要去上班，看见他走了进来。仿佛出门去便利店买了个东西回来。他若无其事地问我要三万日元，说刚从成田机场打车回来，出租车正在外边等着付钱。我从刚取的工资里拿出三万，付了出租车钱。我说我得上班去了，他说请便。在我上班的时候，他看了电脑里所有的邮件。就像我以前看他的电脑。第二天他动用了你刚刚汇过来的版税。我对他说，我的钱可以全部送给他，但从你那里抢到的钱，他得偿还。他说不用还，因为那是一笔分手赔偿。我说不行，我和你的事要我们自己来定。要不要分手，还没有定，是接下来该说的事。他说你误会了，不是我们的分手费。接着他打了一个国际长途电话。待田先生，幸菜正在摩洛哥首都拉巴特，我刚和她通话了。

"拉巴特最近总是下雨，今天的风很舒服。刚才我把这边的家具行李都卖掉了，房间里现在一干二净。你是史子，对吧？我和你老公已经分手了。打算明天去日本领事馆自认身份。我要回国，回祐天寺的家，和健一一起过日子。"

听她说完这些，我回答了一声好的，挂掉了电话。

请删除本邮件在内的所有记录。

让你一路受累了。

待田健一

田中史子女士，

我上午出门，买了新睡衣袜子毛巾和牙刷。护士还建议我准备好女性内衣和卫生巾。电器柜台的电视上，正播放着我和妻子在机场拥抱的情景，下附标题，617天后的感动再会。幸菜泪流满面，我也哭了。节目主持人说，这个场面一定会感动全日本所有人，但我身边一对母女止在为该买哪种电吹风争执，我想，感动全日本所有人？怎么可能呢。

我这就去给住院检查的妻子送东西。

待田健一

检查将于明天结束。

幸菜掀开衣襟，给我看了腹侧的伤痕。伤痕很吓人，她说只是样子可怕，其实还好。她问她该回哪里，我说家里房间依旧是原来的样子，没动。她说，到这边来！我走过去，她伸出双臂抱住我，吻了一小下，说谢谢。我不知道她谢我什么，是谢接机，还是谢买了睡衣，当然我没有细问。

妻子今天知道了出书和演讲的事。她笑，我可没写过什么日记呀，算了这样也好，我出了名，对今后工作有好处，哎健一，你知道吗，世界上发生的事情，同样也会发生在日本。世界上有五百万以上不满十五岁的少女在被强制包办婚姻。十三岁女孩，还没来得及真正喜欢上什么人，就要嫁给五十岁老头，在十四岁生孩子。

听了这些，我不禁语塞，不知道该怎么回答她，幸好这时护士走进来，我趁机离开，说明天来接她出院。

啊肚子好疼。

待田健一

明天幸菜就要回家了。

我一直肚子疼，为了缓解心情，我回忆起很多曾经的腹痛。啊那个时候也疼过哦，还有那时，哦那时也是。我现在的疼，大概能位列人生腹痛榜的前三。我自我安慰，只是第三，还好啦。

我收拾了房间，从玄关鞋柜里拿出幸菜的拖鞋。换回从前的马桶坐垫。在浴室里放了新洗发水和护发素。换床单时，想起了那只冷冻鸡。把鸡拿出来，塞进垃圾袋里，绑好，走出门，去了垃圾站。十字路口信号闪烁，照亮一块陌生的告示牌，上月二十八日凌晨两点时，本路口发生了交通肇事逃逸，请目击者联系警方。我拿出电话，打给告示上的号码。你好，我看到了五本木一丁目路口的告示，我就是肇事犯。三分钟后，两个警察骑着自行车赶来，十分钟后，来了二辆警车。你不是待田先生吗？我在电视上见过你。没过多久，假话穿帮。待田桑你没事吧，太太在家吗？我接受了口头警告，回到家，收起拖鞋，扯下马桶坐垫，换回旧床单，解冻了冷冻鸡，烤好，撒上盐和胡椒，吃光了。小时候每次剩下鸡肉，都会被说你想过非洲的孩子吃不上饭吗。是的，这次我想了非洲的孩子。

明天早晨，我将去医院办理出院手续。将和幸菜并坐在一起，召开记者会。我和妻子将重归静好生活。

说来奇怪，天气预报说今天有雨，却根本没下。难道是别日预报？今夜天空，一片晴朗美好。

田中，我喜欢你。

田中史子

嗯，我也喜欢你。

就在刚才，他侵犯了我。我没能抵抗。

待田健一

真高兴我们心意相通。

我想见你。

你在家吗？我到小竹向原车站后，会联系你。

田中史子

我不在家。请不要来。

待田健一

我在出租车上，你在哪里？

田中史子

虽然工作合同时间未到，虽然同事对我很好，我昨天还是辞职了。他们提前停了手里的工作，在会议室里准备了啤酒和下酒菜，让我坐到正中，为我开了送别会。我还收到花束和众人合写的感谢卡。回家电车上，我反复看了感谢卡，心想，我辞对了，我配不上这么优秀的同事，原本就不该有奢望。

回到家，丈夫说你回来啦。他做好了烤鱼和味噌汤。他心情很好，说想喝瓶葡萄酒。我去附近便利店买了。回来发现他正看电视。电视上你和幸菜正在机场一起哭。丈夫攥住我的手，我想收回，他接着揪住我的头发，把我从椅子上拉下来。我已经把你和这个男人的事告诉了大山！你和这个男人的出轨不伦，都暴露了！这个男的马上就要完蛋了！他把我压倒在地板上，撕扯下内衣，让我明白，原本就不该有奢望。

待田先生，最初你只是我的调查对象之一。我只是想找到他，才联系了你。我们一直保持的联系，就像在填补什么裂缝，仿佛从游戏的最开始，就在以输掉为目的。

变化是何时发生的，我也说不清。我只知道，昨天和今天不一样，和我们原本想象的不一样。

今天的我，想和你在一起。这种想法，不对，也没有错，我只是不太确定，莫非这也是奢望。

待田健一

正沿着环七线往中野方向走。

刚才我去了你家。玄关开着，我擅自进去了。田中洋贵死了，血流了一地。

我擅自擦干净了地板，关了忘关的电视和冰箱门。用鞋柜里的钥匙锁好了门。

田中，你在哪里？

田中史子

我在涩谷。

待田健一

我这就过去。

田中史子

好的，我去开房。

待田健一

没钱坐出租车，我跑过去，请等着我。

田中史子

好的，不着急。

待田健一

刚过了目白通，还有两个小时才能到。

田中史子

我刚穿过百轩店拱门，进了圆山町小街。

待田健一

过了早稻田通的过街天桥。

眼下道路上跑着全国各地车牌的大卡车，北海道室兰，九州佐世保，广岛福山，爱知丰桥。

田中史子

到圣堂酒店了，已开好 301 房间。

待田健一

刚过高元寺。

看见了村上龙，一只狗正冲着他叫。不知道那是不是村上本人，非常非常像。

田中史子

小池荣子[1] 也在吗？

待田健一

没看到小池。

田中史子

那很可能不是村上本人。

待田健一

不管了，总之有个人很像村上，酷似被狗吠后满脸不高兴的村上龙。

过了高元寺过街天桥。

---

[1] 小池荣子，日本女演员，其与作家村上龙携手主持东京电视台的一档经济访谈类节目。

田中史子

看到右手边的妙法寺了吧?

我刚从冰箱里拿出一瓶力保健。

待田健一

边走边发邮件，结果被下水道盖子绊了一下，头撞到了电线杆。

撞得有点疼。

田中史子

撞到了额头? 拍张照给我。

待田健一

你看。

田中史子

撞红了呀。我一个人在房间里笑出了声。

现在喝完了第二瓶力保健。

待田健一

那个下水道盖子一定是廉价品，不合规格，通常要七万日元一个呢。

给我留点力保健。

今天我们做到最后吧。

田中史子

下水道盖子的价钱，你从哪里知道的？

待田健一

我是干这行的呀。

今天我们做到最后吧。

田中史子

修建公园的事再多讲点？

待田健一

滑梯四十五万，攀登架六十万，单人秋千十六万，四人秋千二十八万，单杠三个十一万，大致就是这样。

田中史子

没想到攀登架也有价钱。

待田健一

刚过了方南町。看到首都高速公路了。

我说今天要做到最后，为什么回避我？

田中史子

好啊，要做到最后。

我今天还想唱卡拉 OK，想放声高歌一场。

待田健一

卡拉 OK 和做到最后，顺序呢？哪个在前？

已从代田桥左拐，过了笹塚。

田中史子

卡拉 OK 在前。

正在看外卖菜单，有柚子胡椒拉面，想不想吃？

待田健一

柚子胡椒拉面和做到最后，顺序呢？哪个在前？

正路过保龄球馆。

田中史子

没想到你是个一心想做的人。

待田健一

从初台进了山手通。

对的，我明面上看不出来，实际上是个一心想做的人。

田中史子

那我可以期待一下了？

看来你有自信，能战胜柚子胡椒拉面。

待田健一

哪里，还是柚子胡椒拉面更厉害。不要乱期待。

刚过富谷的加油站。

田中史子

快到了呀。

待田健一

快到了。

明天我们去温泉吧，伊豆怎么样？

田中史子

我想去落合博满棒球纪念馆。

待田健一

不开玩笑？

落合博满棒球纪念馆里，有落合博满手拿棒球棍的裸体铜像哦。首先，你知道落合博满是谁吗？

田中史子

不知道。

去哪里都好，越无所谓的地方越好。

待田健一

已经进了旧山手通。马上就要从神泉进圆山町。

再有十分钟就到。要路过便利店，你有东西要买吗？

田中史子

我想吃开心米果、婆婆米果和粒粒烧，还要乌龙茶。

待田健一

原来你喜欢龟田米果的产品啊。

进便利店了。

田中史子

是你在敲门吗？

待田健一

不是，我刚买好开心米果婆婆米果粒粒烧和乌龙茶。

田中史子

别过来！

待田健一

怎么了？我进酒店街了。

田中史子

快跑！是警察！

待田健一

我去找你。

待田健一

田中，请接电话。

待田健一

接下电话。

待田健一

接我电话！

田中史子

待田，你原本打算一到酒店就开做，对吧？真对不起。早知如此，我们早点做就好了，现在成了遗憾。如果我们没能做到最后、你没能进入我这件事让你心有不甘，你知道吗，我反倒有点开心。

所以，就算现在警察正在敲门，我想利用这短暂片刻，请你成全我一件事。刚才你买的乌龙茶，还在吧？要用到的。

到现在为止，我一直在逃跑。但即使我逃得再远，也会有从前的熟人闻味而来，找到我，告诉我——哎他也反省了嘛！告诉我——你已经是大人了，别犯小孩子气，这事总不能一直拖着吧，早点原谅他好了。人生崩塌起来真简单。为了一个普通人的头衔，我慢慢积累了十年二十年的人生，谁用指尖轻轻戳一下，就崩塌了。塌掉后，我就只剩逃跑这一条路了。逃啊逃啊，求你们了，不要再对我说那些可怕的话，不要让我想起来，求你们干脆杀了我吧。

那是我在便当店打工时发生的事。中午休息时，我总是到店附近的公园里，找张长椅坐下来吃便当。长椅上总有人，只有厕所边上的是空位。我吃便当时，经常有一个阿姨来打扫卫生。她年纪很大，穿着淡蓝色工作服，用一柄刷子去刷墙壁地板上的粪尿。

那天，正好前一夜里从前的熟人来过，我正万念俱灰，一边吃着一盒美味便当，一边想着，吃完就去爬那边的高楼，从楼上跳下来。我满足地盖上盒盖，正要起身时，忽然看到眼前有一只手，正递给我一瓶乌龙茶。喝吧，清洁阿姨说。别愣着，喝吧。阿姨都看在眼里了，我没钱买饮料，总是从公园洗手水龙头上接水喝。看我愣在那里，阿姨说了句什么，把乌龙茶塞到我手里，又返回了厕所。她说了什么，当时我没听清，我连一句谢谢都没说。后来，我一遍又一遍回想阿姨口型，终于弄明白了，她在说，这里很臭，委屈你了。

我想报答阿姨，这个念头支撑我活到现在。我想告诉她，一点都不臭。我想用很多很多钱回报她，让她再不用去工作。待田，你最初就看透了我，是的，我是骗子。很遗憾，我没能骗到最后，我失败了，钱也一分不剩了。

警察还在敲门，极限已到。我求你，无论是明天还是后天，什么时间都好，请把你刚才买的乌龙茶送给清扫练马荣公园公厕的阿姨。如果可以，还想请你对她说，辛苦你了。

辛苦你了。

待田健一

你从酒店被送到医院，随后在医院跳了楼。得知你自杀身亡的消息时，我正坐在警署狭窄的审讯室里。我才明白了，你的绝望，远比我想象的更深，更无尽。

你是很早就放弃了很多事的人。无论你再怎么放弃，不得不放弃的事情依然层出不穷。你以为已经足够了，新事依旧在迫近。尽管人生如此，你依旧认真活着，早晨醒来睁开眼，就看到新的要放弃的一日。

我一直在想一件事，就像你一直想着要把乌龙茶送给阿姨，我想的也是一个人。那天幸菜在美发沙龙看到的杂志上的女孩，那个被地雷炸死的九岁女孩。她是谁，我一无所知。虽然一无所知，她依然是我熟悉的人，我们未曾谋面，她却改变了无数人的人生。她长什么样子，叫什么名字，有什么喜好，我都不知道。自从你死后，她一直在我心里。

她叫露亚。住在卢旺达北部通往丘陵的一个小村里。刚刚九岁，爸爸妈妈在木薯田里劳作，五个孩子中她排行第二，是家里唯一的女孩。妈妈身体不好，她替妈妈干活，用玉米粉做饭，照顾弟弟。她喜欢在提水时，和同龄的特蕾莎一起走下小丘，在面包树下聊天，互相编小辫子。今天的辫子也是特蕾莎给编的，爸爸说头发剪得越短越好，但她不喜欢，她想和特蕾莎一样留长头发。

那天露亚起得比平时都早，她想早点干完活，下午好去想去的地方。前一天露亚为了给爸爸送东西，头顶篮子去了镇上，在那里遇见了一个名叫西蒙娜的女人。

　　西蒙娜说她从德国来，正为给镇上盖学校做准备。露亚没上过学，她问西蒙娜，学校盖好后她也能去吗？西蒙娜点点头。特蕾莎很高兴，但露亚对学校没兴趣，爸爸识字，妈妈不认字，一点也不妨碍她爱妈妈。西蒙娜拿出一台摄像机，露亚不喜欢被拍，想马上跑开，但这一次和以往不一样，摄像机里传来她从未听过的音乐声，她看到了从未见过的情景。一个和露亚一样高，一样消瘦的女孩子，穿着白色裙子，正向前伸展手臂，在空中画出一个圆，那样子轻盈又翩翩。她问西蒙娜那是什么，西蒙娜回答那是一个女孩子正在跳芭蕾舞。

　　芭蕾舞。露亚不由得跟着重复出声。西蒙娜问她喜欢吗，她慌忙把篮子顶到头上，头也不回地逃远了。其实她想一直看下去，露亚做着晚饭，想起那个跳芭蕾的女孩，想起女孩的蓬蓬裙。那晚露亚睡不着，听着身边弟弟们的鼻鼾，她向茅草屋顶伸出手臂，画一个圆，翩然如一只蝴蝶。

露亚想早点起床，想再去找那个德国人。她想早点做好早饭去镇上。哪怕只是在提水途中绕一下，只要抄近道横穿草原，就来得及。大家都说那条近路很危险，但她在近路附近看见过很多次外国人，一定没事的。该怎么和西蒙娜说呢，说还想看一遍那个跳芭蕾的女孩？只要再看一遍，她就能记住手的动作。说不定以后自己能上那个德国人盖的学校，能和跳芭蕾的女孩一样，手臂伸展，轻盈翩跹。

露亚这么想着，慢慢睡着了。在同一时刻里，那个少年正在做什么呢，那个手持卡拉什尼科夫的少年。我对他一无所知。不知道他喜欢什么讨厌什么，在想什么，做着什么梦入眠。

待田健一

问候暑安。

天气预报说今年东京比往年凉快几分，但依旧暑热。

史子，我今天去了区政府，和以前一样，还是没能问到乌龙茶阿姨退职后的去向。幸好问到了她同事的地址，同事住在千叶，我打算明天就过去。

稍后再联系你。

待田健一

千叶九十九里海滨，我第一次来这里。风急浪涌。

今天我询问了乌龙茶阿姨的事，从工作时间来看，一定是她。乌龙茶阿姨名叫一村庆子。她早年丧夫，现在一个人回了老家。问到她现在的住址了，和歌山县纪伊半岛。距离落合博满棒球纪念馆二十公里。

田中史子

待田，听得到我吗？

待田健一

史子，发生在东京的事，同样会发生在落合

博满棒球纪念馆附近。一村庆子现在，正在一家情人酒店里做前台。

我这就去找她。

田中史子

待田，听得到我吗？

待田健一

情人酒店建在海边，所以叫 Hotel Seaside。

走进门，一村庆子身穿粉红色衬衫，就坐在磨砂玻璃窗后。我说我一个人，她惊讶了一下，我们原本不接单客，你要几号房？我说要 301。她说原本要四千四百八十元哦，你一个人就三千块好了。我付了三千元，拿到钥匙。我把随身带来的乌龙茶从缝隙里塞给她，天气这么热，辛苦你了。一村女士听我这么说，一脸惊奇地收下乌龙茶，说要不然我陪你玩吧？至于我怎么回答的，那就是秘密了。

田中史子

待田先生，听得到我吗？

是我，史子。打扰你一下，可以吗？

我在这里，在向你的内心直接喊话。

听得到我吗？

从今往后，我每天都会这样和你说话。

我要说的，主要是这个世界的痛楚，和与痛楚数量相同的喜悦。

那就让我从死去时开始说起，一路说回出生那一刻吧。

待田健一

好。

我要说的，主要是这个世界的痛楚，

和与痛楚数量相当的喜悦。

——坂元裕二

一頁 folio

始于一页，抵达世界

Humanities · History · Literature · Arts

出品人　范　新

监制策划　恰　恰

特约编辑　徐　露

版权总监　吴攀君

印制总监　刘玲玲

装帧设计　COMPUS · 汐和

内文制作　常　亭

Folio (Beijing) Culture & Media Co., Ltd.
Bldg. 16-B, Jingyuan Art Center,
Chaoyang, Beijing, China 100124

一頁 folio
微信公众号

官方微博：@一頁 folio ｜官方豆瓣：一頁 folio ｜联系我们：rights@foliobook.com.cn

图书在版编目（CIP）数据

往复书简：初恋与不伦 /（日）坂元裕二著；蕾克译 . --
北京：北京联合出版公司，2020.8（2021.1重印）
　　ISBN 978-7-5596-3930-1

Ⅰ . ①往… Ⅱ . ①坂… ②蕾… Ⅲ . ①中篇小说—小
说集—日本—现代 Ⅳ . ① I313.45

中国版本图书馆 CIP 数据核字（2020）第 012230 号

OUFUKU SHOKAN: HATSUKOI TO FURIN by Yuji Sakamoto
Copyright ©2017 Yuji Sakamoto
All rights reserved.
Original Japanese edition published by Little More Co., Ltd.

Simplified Chinese translation copyright © 2020 by Folio (Beijing)
Culture & Media Co., Ltd.
This Simplified Chinese edition published by arrangement with
Little More Co., Ltd., Tokyo, through Honno Kizuna, Inc., Tokyo,
and Pace Agency Ltd.

往复书简：初恋与不伦

作　者：[日] 坂元裕二

译　者：蕾克

出品人：赵红仕

责任编辑：徐　樟

特约编辑：徐　露

装帧设计：COMPUS · 汐和

北京联合出版公司出版
（北京市西城区德外大街 83 号楼 9 层　100088）
北京华联印刷有限公司印刷　新华书店经销
字数 80 千字　889 毫米 ×1260 毫米　1/32　印张 5.875
2020 年 8 月第 1 版　2021 年 1 月第 3 次印刷
ISBN 978-7-5596-3930-1
定价：42.00 元